青少年不可不读的励志故事

一颗童心
永向党

中国榜样少年故事

孙红军　宋国香　纪海龙　编著

文心出版社

·郑州·

图书在版编目（CIP）数据

一颗童心永向党：中国榜样少年故事 / 孙红军，宋国香，纪海龙编著 . — 郑州：文心出版社，2021.6（2021.7 重印）
　ISBN 978-7-5510-2398-6

Ⅰ . ①一… Ⅱ . ①孙… ②宋… ③纪… Ⅲ . ①革命故事 – 作品集 – 当代 Ⅳ . ① I247.81

中国版本图书馆 CIP 数据核字 (2021) 第 093531 号

主　　编：	孙红军　宋国香
执行主编：	纪海龙　刘知晓　杜建国　刘兴强
编　　委：	郭凯冰　张婷婷　郭陆婷　杨艳玲　张振华　李燕云
	赵振刚　刘　洋　孙宝华　徐学会　赵晓丽　程亚男
	张永志　张　静

出　　版	文心出版社出版发行
	（地址：郑州市郑东新区祥盛街 27 号　邮政编码：450016）
发　　行	新华书店
印　　刷	河南文华印务有限公司
版　　次	2021 年 6 月第 1 版
印　　次	2021 年 7 月第 2 次印刷
开　　本	720 毫米 ×1000 毫米　1 / 16
印　　张	10
字　　数	200 千字
书　　号	ISBN 978-7-5510-2398-6
定　　价	29.80 元

如发现印装质量问题　请与印刷厂联系　电话：0373—5969992

序言

　　习近平总书记在河南和安徽考察时分别强调，"要讲好党的故事、革命的故事、根据地的故事、英雄和烈士的故事，加强革命传统教育、爱国主义教育、青少年思想道德教育，把红色基因传承好，确保红色江山永不变色""革命传统教育要从娃娃抓起，既注重知识灌输，又加强情感培育，使红色基因渗进血液、浸入心扉，引导广大青少年树立正确的世界观、人生观、价值观"。

　　为贯彻习近平总书记的重要指示，为广大少年儿童"系好人生的第一颗纽扣"，并为中国共产党百年华诞献礼，我们精心编著了《一颗童心永向党——中国榜样少年故事》一书。单篇体例为"党和国家领导人寄语""榜样少年故事""诵读英烈遗作，传承红色基因"三部分内容，"党和国家领导人寄语"指明国家未来和人生方向，"榜样少年故事"感染读者内心，"诵读英烈遗作，传承红色基因"坚定理想信念。三部分内容环环相扣，从读到诵，由思而行。

　　作为普及爱国主义和革命传统教育的课外读本，我们注重用少年的英雄事迹熏陶少年，用少年的爱党初心感化少年，用少年的先进表现激励少年。本书所选的爱党少年，其事迹发生时基本都在 17 岁以内。同时，为了实现教育的整体化、系列化和长效化，我们在设计本书时突出两个特色。

一是所选故事与我党的发展阶段相照应。根据中国共产党"救中国"（1921—1949）、"兴中国"（1949—1978）、"富中国"（1978—2012）、"强中国"（2012 年以来）的四个发展阶段，本书大致划分为四编："爱党少年救中国""爱党少年兴中国""爱党少年富中国""爱党少年强中国"。让学生感受到革命传统形成和发展的连续性、延展性和时代性，突出马克思主义真理的力量。

二是遵循中小学生认知规律，坚持循序渐进。针对中小学生重具体形象的思维特点和易于受到感染的情感特点，我们选取各个时期的先进人物事迹记录、报告或宣传稿，改编为一则则生动、真实、引人入胜的故事，刻画人物形象，打动学生心灵。在遴选事例的过程中，不同时代先进少年的爱党爱国方式不一，我们注重分层和递进设计。先要扎好根——深刻了解爱党少年在革命战争时期的英勇壮举；然后树好干——全面把握爱党少年在社会主义建设阶段的劳动事迹；再要长好枝——亲切感受爱党少年在改革开放后的全面发展；最后散好叶，努力学习爱党少年在社会主义新时代的卓越表现。

同读共悟学初心，红色基因代代传。我们建议在阅读本书时可师生共读或亲子同读，促使少年增进对故事背景的了解，加深对遗作内涵的理解，逐步体会少年救国的报国壮志、少年兴国的实干精神、少年富国的高尚品质和少年强国的坚定梦想。反复诵读和吟咏一篇篇感人肺腑的英烈遗作，重温共产党人为国为民的情怀和大仁大义的壮举，从而真正从心底认识党的伟大、美丽、崇高和光荣，激发少年们爱党、爱国的朴素情怀，了解和赞颂党的丰功伟绩，从小就树立"长大要为祖国立功劳"的宏伟志向，投入中国共产党为人民服务的事业中去。

猛睡狮，梦中醒，向天一吼！百兽惊，龙蛇走，魑魅逃藏。

改条约，复政权，完全独立。雪仇耻，驱外族，复我冠裳。

到那时，齐叫道，中华万岁！才是我，大国民，气吐眉扬。

——陈天华《猛回头》（节选）

大地沉沦几百秋，烽烟滚滚血横流。从 1921 年播下革命火种的小小红船，到 2021 年领航复兴伟业的巍巍巨轮，整整一百年——中国共产党开天辟地，披荆斩棘，终于铸就了神州上下"完全独立"，万众欢呼"中华万岁"，中华儿女"气吐眉扬"的恢宏局面！此时此刻，我们无论如何也不能忘记带领人民站起来、富起来、强起来的中国共产党。

2021 年 7 月 1 日即将来临，谨以此书献礼中国共产党百年华诞！祝愿亲爱的祖国繁荣昌盛，万寿无疆！祝愿伟大的中国共产党基业永固，常葆青春！祝愿可爱的红领巾龙马精神，茁壮成长！

目录

001 | 第一编　爱党少年救中国

003　红色小歌仙——张锦辉

006　伪装的"小叫花子"——郭滴海

010　把最后一颗子弹留给自己的小英雄
　　　——姜墨林

013　革命家庭的好儿男——欧阳立安

017　图们江畔的小青松——黄今松

020　舌战马莱的"小先生"——张健

023　抗联"娃娃兵"——少年铁血队的故事

026　不简单的小娃娃——李克元

030　仨小孩智缴三支枪
　　　——王小林等三位少年的故事

033　宁死不屈的儿童团长——谢荣策

037 | 第二编　爱党少年兴中国

039　小小交通员——林森火

042　炮火中的小英雄——李家发

046 草原英雄小姐妹——龙梅和玉荣

049 铁轨救人的小英雄——戴碧蓉

052 永不凋谢的英雄之花——努尔古丽

056 背着同学去上学的红花少年——王玉梅

059 舍己为人小英雄——韩余娟

063 | 第三编 爱党少年富中国

065 戴红领巾的"农艺师"——李文慧

069 "手拉手"活动创始人——刘王玲

072 金寨的守护天使——熊俊峰

077 自强不息的"蔷薇花"——杜瑶瑶

081 沉迷在创造王国里的少年——周林

085 用网络编织梦想的女孩——马思健

089 有鸿鹄之志的小女生——孙露希

094 用科技丰满自己的羽翼——白雪霁

098 8岁的当家人——倪东艳

103 草原上的格桑花——索南巴吉

108　抗震救灾小英雄——林浩

111　苦难中绽放的"小梅花"——杨梅

116　奥运小使者——安怡霏

121 ｜ 第四编　爱党少年强中国

123　见义勇为"好巴郎"——麦热达尼·如孜

126　校园里飞出的"小信鸽"——林奕轩

129　轮椅上的"小霍金"——陈籽蓬

133　播种爱和希望的少年——李东蔓

136　有着大大科技梦的"小院士"——周洲

140　"增肥救父"的孝心少年——路子宽

143　脱贫工作队的"小翻译"——曹汝特

146　传递正能量的"小小宣讲员"——朱潇

150　后记

第一编

爱党少年救中国

心有榜样，就是要学习英雄人物、先进人物、美好事物，在学习中养成好的思想品德追求。我国历史上有很多少年英雄的故事，在中国共产党领导人民进行的革命、建设、改革事业中也涌现了大批少年英雄，他们中不少人的名字同学们可能都听说过。

——习近平

党和国家领导人寄语

希望你们多了解中国革命、建设、改革的历史知识，多向英雄模范人物学习，热爱党、热爱祖国、热爱人民，用实际行动把红色基因一代代传下去。

——习近平

红色小歌仙——张锦辉

张锦辉是福建省永定县金砂乡人，1915年出生。因为在家族排行第八，大人们便叫她"八妹子"。她出生时哭声响亮，村里老人说："这丫头，唱山歌一准儿好听！"果然，八妹子天生一副好嗓子，唱起歌来像黄鹂鸟在林间鸣唱，像泉水叮咚作响，人们隔着山梁都能听到。

1927年，共产党在张锦辉的家乡办起了平民夜校，八妹子第一个报名参加。"张锦辉"这个名字就是夜校老师给她起的。张锦辉在夜校不但读书识字，而且明白了许多革命道理。识字后，张锦辉便常常捧着老师编的革命山歌本，不停地哼着、唱着。老师总是鼓励她好好练习，告诉她唱歌也是革命，歌声也能唤醒自己的兄弟姐妹。自此，每逢党组织召开群众大会，张锦辉便用山歌传唱革命道理。

1928年，共产党领导群众在金砂乡发动"永定暴动"，建立了苏维埃政权。13岁的张锦辉参加了儿童团，专门负责站岗放哨，给农会送

信。溪南区苏维埃政府宣传队成立时，张锦辉又报名参加。年龄最小的张锦辉总是抢在队伍前，肩扛红旗，阔步前行。她走到哪里就把山歌唱到哪里。每一首，每一句，都深深地打动了群众的心。张锦辉成了远近闻名的红色宣传员，大家都叫她"红色小歌仙"。

为了动员青年参加红军，苏维埃政府召开"扩红"大会。张锦辉自编了《十劝哥》，在大会上为群众演唱。青年们在山歌的鼓励下纷纷加入红军队伍。同志们都夸赞张锦辉人小本事大。

1930 年，张锦辉加入中国共产主义青年团，坚定了为革命奋斗到底的决心。宣传队要到 20 里外的西洋坪村开展工作，张锦辉主动跟上，用歌声把革命道理唱给每一个乡亲听。不幸的是，宣传队遭到了峰市镇反动民团的袭击，张锦辉不幸落入敌掌。

张锦辉被敌人押到永定县峰市镇。第二天，敌团长亲自审问她。

"都说你山歌唱得好，唱一支吧！"

"山歌唱给穷苦人，你没资格听！"

"你知道红军和赤卫队的情况吧？"

"那又怎么样？"

"你把知道的说出来，我保你过好日子，还会送你到福州学唱歌！"

"休想！我一个字也不会说的！"

敌人用尽手段，审讯了三天三夜，张锦辉始终没吐露红军的丝毫消息。

农历四月十八，四里八乡的乡亲们都来峰市镇赶集，镇上人山人海。匪徒把张锦辉押到集市上。面对团团围住自己的刀枪，张锦辉毫无惧色，抬头挺胸，高声唱起了山歌：不怕死来不怕生，天大事情妹敢担；一生革命为穷人，阿妹敢去上刀山。打起红旗呼呼响，工农红军有力量；共产万年坐天下，反动终归没久长……

临刑前，面对敌人的枪口，张锦辉发出最后一声呐喊："中国共产党万岁！万岁！"见此情状，慌乱的敌人挥舞刺刀，在张锦辉身上一顿乱捅……年仅15岁的张锦辉倒在了汀江边的一棵松树下。汀江水默默流淌，为15岁的小英雄唱起悼歌。

1984年6月，张锦辉被团中央评为"中国现代十大少年英雄"之一，她永远是青少年学习的榜样。

诵读英烈遗作，传承红色基因

吉鸿昌

就　义　诗

恨不抗日死，留作今日羞。
国破尚如此，我何惜此头。

这首绝命诗是吉鸿昌临刑时，用一根小树枝写在刑场的土地上，并让其姐夫记录下来的。写毕，他快步走到行刑处，喝令敌人："给我搬张椅子来！""我为抗日而死，死了也不能倒下！"行刑的敌人想绕到他的身后开枪，他说："我一生光明磊落，不能背后挨枪。你在我的眼前开枪，我要亲眼看见你们是怎样打死我的。"他高呼："中国共产党万岁！""打倒日本帝国主义！"面对敌人的枪口，英勇就义。

党和国家领导人寄语

自古英雄出少年。为了中华民族的今天和明天，我们要教育引导广大少年儿童树立远大志向、培育美好心灵，让少年儿童成长得更好。

——习近平

伪装的"小叫花子"——郭滴海

福建省龙岩人郭滴海，祖辈都是贫苦农民，他有个外号叫"小叫花子"，为什么呢？从春到冬，郭滴海的衣服补丁摞补丁，头发乱蓬蓬的，看起来就像个小叫花子。不过，"人不可貌相"，郭滴海可是儿童团里的侦察小英雄。

1930 年的一个深夜，敌人冲进革命根据地搞破坏，包围了郭滴海所在的村子。红军队伍趁着暗夜撤退，却怎么也找不到小侦察员郭滴海。原来，他在稻草堆里正睡得香甜！敌人抓不到红军，非常失望，当他们发现了郭滴海，就凶狠地嚷道："红军侦探，快抓起来！"

"不！不！我不是侦探。我是个小叫花子。"郭滴海边揉眼睛边不慌不忙地说。

"快说实话，不然就拉出去枪毙！"

"老总，我真是小叫花子，哪里敢说瞎话。"

"滚得远远的，别叫我再看见你！"敌人狠狠地吼道。

敌人真把他当小叫花子了。于是，郭滴海决定将计就计，继续装小叫花子，留在村子里搞侦察。他不是跟这个匪兵要吃的，就是跟那个匪兵要喝的，把敌人烦透了。慢慢地，敌人的人数和武器装备都被郭滴海搞清楚了。趁敌人不注意，郭滴海偷偷跑出村子，把自己知道的情况告诉了红军。红军队伍利用郭滴海送来的情报，全部消灭了这伙敌人。郭滴海可是立了大功。

敌人在村子里建起了临时据点，据点就像钉子一样，钉在红军游击队的活动范围里。红军想把它拔掉，就安排郭滴海化装成叫花子去查探消息。郭滴海蓬头垢面，破衣烂衫，哼着小调儿从村南到村北，出这家进那家。他正走着时，被一个敌人拽到了敌军面前。

"小赤匪是来打探国军消息的吧？"敌军军官在屋里抽着烟问他。

"老总啊，我是要饭的，不是赤匪。"

"你说你不是，为啥一直跟着国军走呢？"

"老总啊，你们把老百姓吓跑了，不跟着你们，我到哪儿要饭吃啊？"郭滴海装得可怜巴巴的。

"敢耍弄老子！再不说实话我就毙了你！"话音未落，敌军军官冲着郭滴海就是一枪。郭滴海一缩脖子：完了，这下子完了！过了好一会儿，郭滴海这儿摸摸，那儿摸摸，也没血啊。低头一看，附近地上的子弹坑还在冒烟儿呢。

敌人看他的确不像探子，就叫郭滴海给他们当侦察兵。太好了！郭滴海表面上给敌人侦察，暗地里早就把敌人的情况报告给游击队了。

一天半夜时分，敌军营长睡得正香，郭滴海急忙跑来报告："共产党来了，一个区长带着五六个人，就在前面村子里！"

"就五六个？"敌军营长打着哈欠，将信将疑。

"绝不撒谎！我这就带着你们去！"

敌军营长马上下令集合，郭滴海给他们带路。约莫着快到游击队的埋伏圈儿了，郭滴海加快了步子，趁着敌人不注意，一下子钻进路旁的乱石堆里。他边跑边冲着山顶喊："白狗子来了，赶快打啊！"一时间枪声大作。敌人上了当，黑灯瞎火的，慌作一团。不过十来分钟的时间，这伙敌人就被全歼了。

天亮时，打扫战场的战士们发现了郭滴海。这位小英雄被子弹打中了肩膀，昏倒在乱石堆里。醒来后的他高兴地笑了——又立了一次功，受点伤算啥呢？

诵读英烈遗作，传承红色基因

吕大千

狱中诗三首

（一）

利用寇刀杀寇仇，一腔义愤不日休。

纵然没有脱身计，那肯涕零学楚囚。

（二）

马列题开共产大，崭新主义有来由。

劝君莫发呻吟语，不到十年遍地球。

（三）

时代转红轮，朝阳日日新。

今年春草除，犹有来年春。

吕大千被捕后被带到警察署，敌人对他进行审讯时，他发现对面墙上挂着战刀，立即萌发了"与其坐以待毙，不如夺刀砍死几个敌人"的想法。他猛然间冲过去，拔出战刀就砍向敌人，却被拥上来的敌人拦住。他见势不成，就回手往自己脖颈上一抹，不成，又用刀刺腹，当即倒在一片血泊中。敌人为从他口中获得重要情报，立即送他去医院治疗。苏醒过来后，他写下了第一首诗，表达了与敌人势不两立的鲜明立场和视死如归的革命英雄主义气概。

党和国家领导人寄语

为有牺牲多壮志，敢教日月换新天。

——毛泽东

把最后一颗子弹留给自己的小英雄
——姜墨林

1931年"九一八"事变后，全国人民掀起了抗日救国的热潮。一个只有10岁的小男孩参加了秘密儿童团，他叫姜墨林，出生在黑龙江。

姜墨林聪敏机警，总能顺利完成送情报的任务。1935年春天，他被组织送到部队，短短一年就加入了共青团。越来越多的人参与了这场爱国战斗，队伍迅速扩大，他小小年纪便当上了班长。

不久，姜墨林参加了第一场战斗。这天，他跟随部队到镜泊湖北面的杨胖子沟执行任务，与日军交上了火。战斗一打响，他就像猛虎下山一样冲向敌人，一颗手榴弹就炸得几个日军的脑袋开了花。敌人还没看清这个小战士的模样，就送了命。从此，姜墨林成了大家心目中的小英雄，大家都佩服他，乐于听他的指挥。

1937年隆冬，天寒地冻，泼水成冰。可战士们还穿着单衣，握枪的手冻成了肥胖的紫萝卜，晚上暖和过来，又痒得要命，轻轻一碰，流脓流血。为了解决御寒问题，抗联总指挥部派姜墨林到日军占领的依兰县县城去筹集棉花和布匹。接到任务后，姜墨林日夜兼程，来到依兰县的县城附近。他换上一身破衣服，用锅灰抹了脸，到柴草垛里弄乱了头发，化装成傻里傻气的小乞丐。就这样，姜墨林躲过敌人的盘查，迅速联系到地下党组织和救国会。

为了不引起敌人的注意，姜墨林分散购买物品，安排蹒跚的老人，抱着孩子的妇女，甚至是顽皮的孩子，分批把物资带出城外，并送到指定地点。不到一周时间，就筹集了一百多匹棉布、上千斤棉花。

运输队行进到土城子附近时，遭到了一队日军骑兵的追击。姜墨林就命令运输队继续前进，他带领敢死队断后。他和战士们把马藏到树林里，然后带着手榴弹埋伏在路边。敌人只顾追赶，不小心进入了埋伏圈儿。

姜墨林一声大喊，枪声四起，冰雹般的手榴弹砸向敌人的头顶，敌人哭爹喊娘，伤亡惨重，落荒而逃。当姜墨林带着运输队顺利返回指挥部时，首长向他竖起大拇指："你们全胜归来，创造了一个奇迹啊！"

1940年秋天，姜墨林在一次战斗中被几十个日军团团围住。他伤痕累累，却牙关紧咬，对着敌人轻蔑地笑起来，然后从容地举起枪，把最后一颗子弹射进了自己的胸膛。就这样，姜墨林怀着对日本侵略者的仇恨，战斗到了生命的最后一刻！

刘国志

就义诗（节选）

同志们，听吧！
像春雷爆炸的，
是人民解放军的炮声！
人民解放了，
人民胜利了！
我们——
没有玷污党的荣誉！
我们死而无愧！

刘国志牺牲时，白公馆集中营已能清晰地听到人民解放军的隆隆炮声。重庆即将解放，刘国志心潮激愤，摸出暗藏的一小截儿铅笔正要题诗欢庆解放，敌人的大屠杀就开始了。刽子手叫到刘国志时，刘国志扔掉铅笔，挺身而出，高呼道："同志们，听吧！像春雷爆炸的，是人民解放军的炮声！……"直到慷慨就义，他的呼喊声还在白公馆上空回荡。这首诗，是狱中同志后来记下他走出白公馆前高呼的几句。

党和国家领导人寄语

青年志存高远，就能激发奋进潜力，青春岁月就不会像无舵之舟漂泊不定。

——习近平

革命家庭的好儿男——欧阳立安

1914 年出生的欧阳立安是湖南省长沙人。他的父亲欧阳梅生是中国共产党早期党员，经常教育欧阳立安要从小学习革命知识。欧阳立安的母亲陶承也是一位女革命家。1926 年，北伐军打进长沙城，党领导下的革命运动轰轰烈烈发展起来。欧阳立安加入儿童团，和伙伴们一起配合大人的革命工作。

1928 年，欧阳立安一家前往上海，他们是受党组织的委托，来和上海党组织接头的。可是，当他们到达上海时才发现接头地点已经遭到破坏。怎么办？在举目无亲的上海，他们只好暂时找工作，等安顿好了，再继续寻找党组织。很快，欧阳立安和妹妹在一家纱厂当起了童工。生活虽然艰辛，但是他们的革命信念却丝毫没有减弱。欧阳立安一边工作，一边寻找党组织，经过多次努力，总算找到了。欧阳立安可高兴了，因为找到党组织就等于找到了家！欧阳立安主动向党组织要求工作，党组织委派他担任区委交通员，跟随中共上海沪中区委

书记何孟雄组织工人运动。于是，欧阳立安经常穿梭于浦东、沪西、闸北、南市一带，在各个纱厂、烟厂之间传递文件，散发传单，进行革命宣传工作。

1929年冬，15岁的欧阳立安加入共产主义青年团。在此期间，他多次参加上海各界工人举行的抗议罢工、游行示威活动，毫不畏惧，勇往直前，经受了一次又一次严峻的考验。1930年春，经何孟雄介绍，16岁的欧阳立安加入中国共产党。

1931年1月17日，欧阳立安参加党组织在上海召开的会议。因为党内叛徒的出卖，参会同志全部被捕。

反动派成立了专门的"法庭"，审判被捕的共产党员。审问欧阳立安时，叛徒为了邀功请赏，告诉反动法官："这个欧阳立安是共青团江苏省委委员，他爸妈也是共产党。"

"不要脸的东西！"欧阳立安破口大骂。

"你这是自己承认了，""法官"阴险地笑道，"还有什么要交代的，你就说说吧。"

"那好，你听着。"欧阳立安鄙夷地看着"法官"，"共产党一定会胜利，国民党一定会失败！真正的共产党员是不怕死的，能为革命而死，为人民而死，我死而无憾！"

"你还很年轻，太可惜了。你只要交代点儿什么，我可以为你减罪。"反动法官表现出一副同情的嘴脸。

"你打错了算盘，我什么也不会说的！"

敌人用尽酷刑，欧阳立安毫不屈服，没有将党的秘密泄露半句。

一个雪夜，牢房的大门被"哐当"一声打开了。敌人把欧阳立安和其他同志拴在一条铁链上，押出了牢房。

牢房外大雪纷飞，冷风透骨，欧阳立安和同志们赤脚走在雪地里。在一条结冰的河边，敌人架起了一挺机枪。同志们面对黑洞洞的枪口，并肩站在一起，口中高喊："共产党万岁！"

欧阳立安牺牲了。在同时牺牲的同志中，他的年龄最小。

诵读英烈遗作，传承红色基因

钟志申

我入党之时，就抱定视死如归的意志

——给哥哥的遗书

志炎、志刚二兄：

我的案子突然变得严重，可能无出狱希望，这并不可怕。当我入党之时，就抱定视死如归的意志。我认定，共产党一定会胜利，革命一定会成功。我牺牲生命，把一切贡献于革命，是为了寻找自由，为了全国人民求得解放。我知道我的牺牲，不会白牺牲，我的血不会白流。因为血债须用血来还。党会给我报仇，你们会给我报仇。要记住：共产党是杀不绝的啊！

你们接到这封信时，可能我已不在人世了。我死不足惜，但继母在堂，子女年幼，周氏不聪，全赖你们维持、抚育，安慰他们不要悲痛。桃三成人，可继我志，我无念。

民国十七年三月十日

志申笔

这封遗书是钟志申牺牲后，家属在收殓遗体时，从他的内衣中发现的，上面浸满了鲜血。家属们忍着悲痛将它藏在屋檐下的墙缝里，中华人民共和国成立后送交党组织。

党和国家领导人寄语

　　一个人不爱国，甚至欺骗祖国、背叛祖国，那在自己的国家、在世界上都是很丢脸的，也是没有立足之地的。

——习近平

图们江畔的小青松——黄今松

　　图们江从我国东北边境流过，滋润了茂密的松林，也养育了两岸勤劳勇敢的人民。在图们江畔，抗日英雄黄今松的故事广为流传。

　　黄今松，1915 年生，吉林省图们江畔月晴乡岐新村人。爷爷是泉水坡抗日部队的战士，在一次与日军的激战中不幸牺牲。黄今松心里充满了对日本侵略者的痛恨。

　　8 岁时，黄今松被父亲送进私立小学读书。老师们在课堂上讲俄国十月革命的故事，讲日本侵略者在中国东北的暴行……黄今松逐渐懂得了不少革命道理。

　　1930 年 7 月，在当地党组织的领导下，村里成立了少年先锋队，黄今松被任命为中队长。因为黄今松既爱动脑筋又勤快勇敢，第二年就当选为区委的联络员。当地山高路陡，丛林里野兽出没，江畔到处是日军的队伍，黄今松一概不怕。他熟悉地形，每一次都能顺利为区

委传递情报。

一次，黄今松在传递情报的途中遇到了日军。因为此处人迹罕至，黄今松引起了日军的怀疑。日军要把他押到据点审问。虽然刚刚16岁，黄今松已经有了同敌人做斗争的经验。起初，他乖乖地跟着日军走。路过熟悉的山崖时，黄今松趁敌人不备，一纵身跳下悬崖，顺势抓住一根老藤条，一下子就跳进一个隐蔽的山洞。敌人冲着山下乱放枪，黄今松呢，早就跑远了。

1932年，春寒料峭，群众正在村里召开大会，敌人突然包围上来，抓走了黄今松和其他4名同志。在日军的司令部，黄今松和同志们遭受了非人的折磨，但他们没有一人向敌人屈服。

1932年5月3日，山野间树木葱郁，山花烂漫，但羊阴沟却弥漫着壮烈的气息。敌人从革命战士身上问不出半点儿信息，决定将这5人斩首示众。

年轻的黄今松脸上满是血污，身上已找不到一块完好的地方。但他依然冲着敌人怒目而视。敌人处死了4名同志后，派翻译官跟黄今松说："你现在交代还不晚，只要说出地下党组织和党员名单，皇军马上放你回家。你还太年轻，要珍惜自己的生命。"

"做美梦吧！你们这些可恶的家伙，我是不会屈服的！"日军残忍地砍断了黄今松的右臂。黄今松忍着剧痛，挥动着左臂继续骂道："走狗、畜生，你们猖狂不了几天了！乡亲们，我们一定会胜利的！"

敌人又砍断了黄今松的左臂。黄今松顽强地站直了身子，高呼道："打倒日本帝国主义！"敌人再一次举起了屠刀……

黄今松牺牲了，那年他才17岁。黑土地上的人民会永远记住这个图们江江畔的好子弟。

诵读英烈遗作，传承红色基因

陈 觉

宁愿玉碎，不愿瓦全
——狱中给妻子的遗书（节选）

谁无父母，谁无儿女，谁无情人！我们正是为了救助全中国人民的父母和妻儿，所以牺牲了自己的一切。我们虽然是死了，但我们的遗志自有未死的同志来完成。大丈夫不成功便成仁，死又何憾！

此祝健康

并问王同志好

觉 手书

一九二八年十月十日

党和国家领导人寄语

儿童们起来，学习做一个自由解放的中国国民，学习从日本帝国主义压迫下争取自由解放的方法，把自己变成新时代的主人翁。

——毛泽东

舌战马莱的"小先生"——张健

少年儿童团是共产党领导下的革命组织，儿童团团员们在白色恐怖的年代里坚持斗争，为革命胜利做出了巨大贡献。上海赤色儿童团的张健就是儿童团团员中的出色代表。

1933 年秋天，上海赤色儿童团成立，张健担任团长。在上海地下党组织的领导下，这帮八九岁、十几岁的孩子开始开展革命工作，这就是上海人民熟知的儿童团的"小先生运动"。别看他们年龄小，发挥的作用可不小：一个团员就是一个小先生，他们教失学的小朋友和青年农民识字，讲抗日义勇军的故事，表演打鬼子的滑稽戏，唱革命歌曲。他们的工作激发了群众的抗日爱国热情。"小张健舌战马莱"更是让赤色儿童团名声大振。

那一年，英国前陆军大臣马莱率领反战同盟代表团到上海访问，出席由宋庆龄组织的各界欢迎反战同盟代表团的会议。张健作为儿童界代表参加了会议。马莱在讲话时说："英国对日本的侵略行为非常气愤，英国是支持中国人民抵抗日本侵略的。"

这个高鼻子、蓝眼睛的英国人非常傲慢，张健打心底不喜欢他。听马莱这样说，张健站起来反驳道："英国支持中国反对日本侵略是对的，但英国政府支持的不是中国人民，而是支持国民党政府镇压中国人民的革命活动。"张健的话掷地有声，会场里顿时安静下来。

遭到一个小孩儿的反驳，马莱十分不悦。他怒气冲冲地问："你有什么证据？"

张健先讲述了英租界工部局帮助国民党捕杀共产党人的事实，又讲了英租界巡捕欺压上海人民的事情。张健口齿清楚，语言流利，有理有据，会场上的代表们纷纷点头称赞。

听了张健的话，马莱无话可说。会后，马莱对记者们说："中国的小朋友真了不起！"

1935 年 11 月 7 日，张健光荣地加入了中国共产党，后来担任了上海工学团的党支部书记。张健和儿童团的团员们在斗争中成长起来，为中华人民共和国的成立做出了不可磨灭的贡献。

谢士炎

法庭演讲和就义诗

法庭演讲

共产党是杀不完的，杀死我们几个，挡不住蒋介石国民党的垮台。我们死了，会有全国老百姓为我们复仇！我们为老百姓牺牲是最光荣的！国民党完蛋的日子不远了！

就 义 诗

人生自古谁无死，况复男儿失意时。

多少头颅多少血，续成民主自由诗。

党和国家领导人寄语

世界是你们的，也是我们的，但是归根结底是你们的。你们青年人朝气蓬勃，正在兴旺时期，好像早晨八九点钟的太阳。希望寄托在你们身上。

——毛泽东

抗联"娃娃兵"
——少年铁血队的故事

抗联"娃娃兵"是杨靖宇司令亲自领导的少年铁血队。队员们最大的不过十多岁，每人只有一把小手枪。"没有枪没有炮，敌人给我们造"，队员们决心从敌人手里夺取一挺机关枪。

铁血队的第一仗是红土崖战斗。来到红土崖时，队员们发现敌人已经抢先一步占领了山头。对面山上，一挺机枪正对着抗联总司令部。铁血队和机枪连突然发起猛攻，喊杀震天，锐不可当，没多久敌人就溃不成军。

两个日军拖着机枪往树林深处跑。"同志们，追机枪呀！"孙宝祥大喊着追上去。俩日军吓坏了，躲进草丛，射击冲在最前面的孙宝祥和大楞。听到枪响，他们才想起还击。

"砰砰砰"几声枪响，孙宝祥把敌人的枪声打哑了。他扑进草丛里一看，却只有一具尸体，机枪不见了！大伙急得直跺脚，正想再去追，山岗上响起了集合号声。

看到杨司令，一帮队员围着他诉起苦来。杨司令听后笑了："这么多人追俩敌人，还放跑一个。早开枪的话，机枪还跑得了吗？"队员们后悔得直挠头。

半年过去了，队员们的机枪梦一直没有实现。终于有一天，少年铁血队又得到机会，这次他们要配合机枪连攻打伪警察署。

深夜，队员们刚到警察署外，双方就开火了。一时间子弹横飞，爆炸连连。冲到房屋门外，队员们随手拿起几颗手榴弹扔进去。屋子里烟还没散，大楞踢开门就往里冲："缴枪不杀！"藏在暗处的敌人"砰"的就是一枪。大楞往怀里一摸："坏了，手榴弹没了！"灵机一动，他顺手摸起一块砖头，大声喊着："同志们出去，我要扔手榴弹了！"敌人哪里看得清，赶紧乖乖缴了枪。

经历了几次大战斗，铁血队战斗力越来越强，只是拥有机枪的梦想一直未能实现。又一次战斗后，队员们在密林中生起篝火，烧烤缴获的牛肉。杨司令的通讯员来找铁血队的指导员小王："快！去找总司令，有好事！"

"这会子还有比吃牛肉更好的事儿吗？"小王说。

"当然！"

"机枪！一定是机枪！"不知谁喊出了声。指导员笑着跑了，大家拔腿就往司令部跑，牛肉烤煳了也没人管了。

杨司令从营房里走出来，队员们马上整齐列队敬礼："总司令好！"

大家伙瞪着眼睛，就等总司令发话。

杨司令笑着说："好样的，真神气！知道为什么找你们来吗？"

"发机枪！"队员们异口同声地说。

"嗬，你们怎么知道的？"杨司令问。

"因为我们杀敌人杀得多！"

"很好！我宣布发给你们一挺机枪，希望你们奋勇争先，勇敢杀敌！"总司令大声说。

铁血队的队员们笑啊，跳啊，这帮"娃娃兵"终于实现了机枪梦。

诵读英烈遗作，传承红色基因

李家俊

我是一个"梦想家"，我的希望很快可以达到

——给家人的信（节选）

家庭状况，我深不愿多说。因为家是因我而败，我又无法以维持父母及小妹们的最低限度的生活，我又何愿敢提家事。但是我一念及目前与我们受同等煎熬的当亦不在少数，所以也就只好比较安心地做我们所应做的事而无所动心。

我是一个"梦想家"，这是许多人给我的称号。但是，我并不以为是在做梦，我以为我的生活是完全真实的。所以我现在仍是向着我的"梦境"走去！我总觉得我的希望是很快可以达到的呢！

党和国家领导人寄语

奋斗的道路不会一帆风顺，往往荆棘丛生、充满坎坷。强者，总是从挫折中不断奋起、永不气馁。

——习近平

不简单的小娃娃——李克元

李克元生于 1924 年，是山西省武乡县王家峪村人。经受连年的战争以及军阀的威逼和地主的剥削，李克元自小就恨透了那些欺压百姓的人。

村里成立了儿童团，12 岁的李克元被选为团长。儿童团每天为八路军站岗放哨，侦察敌情。手拿红缨枪、腰系小皮带的李克元可神气了！他干起来比谁都认真，从不放过任何可疑的情况。

1939 年初冬，李克元和伙伴们正在站岗，突然发现路口远远地走来了一个人，这个矮胖的中年男人贼眉鼠眼，东张西望。李克元和伙伴们赶紧上前盘问。

"干什么的？拿出路条！"

"我是过路的，迷路了。"来人糊弄他们。

"那你到哪里去啊？"李克元丝毫不放松警惕。

"不进你们村子还不行嘛。"来人支支吾吾的，抬腿就要走。

"站住！"李克元马上拦住他，"你得跟我们走一趟！"

一听这话，那人抬腿就跑。没想到李克元比他速度更快，一抬腿，"啪"地一下那人摔了个嘴啃泥。小伙伴们赶紧围上来，七手八脚把那人摁住，一个小伙伴赶紧去给大人报信。

一审问才知道，他原来是日本人派来的特务！小伙伴们可立大功了。

这件事后来被朱德总司令知道了。总司令称赞说："不错，不错！这个小娃娃可不简单！"李克元那个高兴劲儿就不用说了，他下定决心：今后加油干，不怕困难、危险，争取再立大功！

第二年农历九月，日本鬼子展开了大规模"扫荡"，根据地的情况非常危急。八路军战士摩拳擦掌，严阵以待，儿童团的团员们站岗放哨时，也不敢放过一丝风吹草动。

这天，李克元站在山顶上放哨，看到远处好像来了一队身穿黄衣服

的人。李克元伸长脖子，仔细辨认：不好！日本人要进村了！再一看，村头的消息树也倒了。日本人来了！

李克元赶紧推倒身边的消息树，冲着天空连放了三枪。得到消息后，乡亲们迅速往山里转移，八路军随后设好埋伏。李丙彦和李二丑来接岗，李克元下山参加战斗。

日军近在咫尺，乡亲们还没有撤完。怎么办？李丙彦和李二丑就向日军投麻尾弹，掩护乡亲们转移。日军果然呱呱叫着，冲向两个儿童团团员。几颗子弹飞来，二丑牺牲了，丙彦腿上也受了伤。眼看日军就要围上来，丙彦转身就从高坡上跳了下去。正在下山的李克元看得很清楚，丙彦受伤了，一时半会儿跑不远。

为了保护丙彦，李克元站起身来，大声喊着："来追我呀，老子在这里呢！"然后转身往山上飞跑。眼看翻过山梁，敌人就找不到了，不幸迎头撞上从后山包抄上来的日本兵，李克元被捕了。

"八嘎，八路军武工队的有？不说就死啦死啦地！"敌人头目用大洋刀压着李克元的脖子威胁道。

李克元梗着脖子一声不吭，两手攥紧了拳头，看着敌人前进的方向。敌人的大队人马正朝着八路军的埋伏圈走去，李克元暗自高兴。

一会儿，八路军的枪声响起，敌人炸了锅，死的死，伤的伤，四处逃窜。敌人头目气得大叫。李克元笑着说："狗东西，你们完蛋了，今天就是死了也值了！"

敌人头目举起洋刀，向李克元的脖子砍去，李克元倒在了血泊中。那年，他刚满16岁。

当晚，村里召开了追悼会，县政府追认李克元、李二丑为革命烈士，号召大家学习他们英勇无畏的精神。

诵读英烈遗作，传承红色基因

许柏龄

给党总支委员会的信

总支委员会同志们，为了保卫人民，保卫党中央，保卫毛主席、朱总司令，消灭地主及蒋贼进犯军，我以流鲜血拼性命的决心，完成党给我的任务。我希望党审查我的行动，看我具备了这样的决心没有？在战斗中是否表示了我有最高的党性？是否够人民的，毛主席、朱总司令、党中央的忠实可靠的警卫员和一个最好的战士？假如我在战斗中流血牺牲了，也是愉快的。我够得上一个好的警卫员、好的战士时，请即写，"人民的，毛主席的，党中央的警卫员，共产党员许柏龄之墓"，插于墓前，虽死亦身心愉快……希望党负责将我的家信转给我的妈妈。我是河北饶阳县许张保村人，告诉他们我光荣牺牲了，为了党，为了人民，为了毛主席，请他们努力继续我的事业。

党和国家领导人寄语

一代人有一代人的长征，一代人有一代人的担当。建成社会主义现代化强国，实现中华民族伟大复兴，是一场接力跑。我们有决心为青年跑出一个好成绩，也期待现在的青年一代将来跑出更好的成绩。

——习近平

仨小孩智缴三支枪
——王小林等三位少年的故事

王小林是山东青城县人，曾被选为镇上的抗日儿童团团长。日军占领镇子后，到处烧杀抢掠。老百姓战战兢兢，不敢出门，整个镇子一片死寂。儿童团的活动暂时停止，王小林也去了乡下的亲戚家。

一天中午，太阳火辣辣地烤着大地，树上的知了叫个不停。趁着大人们睡午觉的工夫，小林约了两个小伙伴，到村头大池塘洗澡。"真凉快！"三个小伙伴跳进池塘，打水仗，扎猛子，比凫水，玩得不亦乐乎。

不知何时，岸上来了三个日兵！孩子们发现日兵后，赶紧沉到水里，只露个脑袋，一动也不敢动。没想到，三个日兵放下枪，说说笑笑地脱光了衣服。原来，日兵也是来洗澡的。

看见池塘里有三个小孩，那个留了一撮仁丹胡的日兵，来到小林身边问："小孩，皇军大大的好？"王小林把头摇得跟拨浪鼓似的。日兵以为王小林听不懂，也就没计较，随即哈哈大笑着往王小林头上泼水。王小林一阵蒙，赶紧用手迎挡。日兵向他泼得更欢了。另外两个日兵也加入进来，王小林立马明白了：敌人这是在逗他们玩呢。于是一场激烈的水仗开始了，王小林恨透了日兵，三个人使个眼色，拼命向敌人击水，打得日兵使劲摇头直往远处躲。

三个日兵向水塘深处游过去，小林跟两个伙伴一嘀咕就上了岸。穿上衣服，三个小孩就在大树底下玩起了"士兵操练"游戏。王小林是"军官"，两个小伙伴是俩"士兵"。"军官"下令，"士兵"就夸张地大踏步，不时地还低头说："哈依！哈依！"这情景，可把水中的日兵逗乐了。

王小林和小伙伴放了胆儿，趁机扛起三个日兵的枪，"一二一"地表演着。水中的日兵更乐了："小孩，跟着我们打仗去，好处大大的有！"他们伸出大拇指，大声夸奖。

这时，王小林突然果断下令："跑步——走！"三个小孩扛着枪，撒开脚丫子就跑。这下日兵可傻眼了，等他们爬上岸，穿上裤子想去追，可又不敢了：村子里有八路咋办？八路军在这一带神出鬼没，可没少让他们

吃苦头。三个日兵只好灰溜溜地走了。

　　王小林他们缴获了日军的三支枪，一人扛着一支枪，去找区长报喜。区长一看，吃了一惊。王小林他们兴奋地讲述事情的经过，区长高兴得哈哈大笑，直称赞他们："你们可真是小英雄！"

诵读英烈遗作，传承红色基因

黎又霖

狱中诗（四首）

（一）

斜风细雨又黄昏，危楼枯坐待天明。

溪声日夜咽墙壁，似为何人诉不平。

（二）

祸国殃民势莫当，三分天下二分亡。

狱中自古多豪俊，留待他年话仇肠。

（三）

卖国殃民恨独夫，一椎不中未全输。

银铛频向窗前望，几时红军到古渝？！

（四）

革命何须问死生，将身许国倍光荣。

今朝我辈成仁去，顷刻黄泉又结盟。

昌源　雨林

十一月廿五日

党和国家领导人寄语

一切视探索尝试为畏途、一切把负重前行当吃亏、一切"躲进小楼成一统"逃避责任的思想和行为，都是要不得的，都是成不了事的，也是难以真正获得人生快乐的。

——习近平

宁死不屈的儿童团长——谢荣策

在美丽的辽河之滨，有一个村子叫茨榆坨。1931年11月，谢荣策就出生在这里。一间半破草房，两亩沙丘地，这就是他家的全部财产。

谢荣策9岁时，他的父亲因为贫病交加而去世，小小的谢荣策就成了家里的顶梁柱。因为家里欠地主家10块豆饼钱，谢荣策不得不卖掉家里的草房还债。一下子，谢荣策和家人连睡觉的地方都没了。不久，他家仅有的两亩沙丘地又被日伪军以修国道为名，强行占用。从此，谢荣策家的生活更加贫困。他经常跟随母亲下地挖野菜充饥。

1947年冬天，茨榆坨解放了。工作组帮谢荣策家要回了房子，还分给他家几亩地。谢荣策看着身披红花、高高兴兴参军的大哥哥们，心想：新生活是共产党和解放军给的，我也要参军。工作组的同志告诉他："你年纪还小，先参加儿童团吧，一样能为军队和群众做事情。"谢荣策加入儿童团不久，就因工作出色当上了儿童团的团长。

生活一安定，原来逃出村子的村民就慢慢都回来了。有个来自外乡的染匠，自称"郭侉子"，也在村子里住了下来。他说："穷苦人，哪里都是家。"谢荣策看他虽是个染匠，平时却没什么活计，总觉得有点儿不太对劲儿。而自己和郭侉子的儿子年龄差不多，谢荣策就经常去郭侉子的家里玩。

郭侉子不在家。谢荣策就对他的儿子说："你也参加儿童团吧，看我们穿大衣，拿红缨枪，多神气！"郭侉子的儿子哪里知道谢荣策的心思，仰着脸对谢荣策说："你那大衣算个啥，俺爹的黄大衣比你们的大衣好多了！"谢荣策说："俺不信！你要真有，就拿出来比比！"

郭侉子的儿子气不过，就从床下翻出一件黄呢子大衣来。谢荣策一看，这不是国民党军官穿的大衣吗？可他没说啥，待了一会儿就离开了郭家，出来后他立即向组织汇报了这一情况。

工作组把郭侉子抓来时，这位"染匠"结结巴巴地说："我交代，我老实交代，留我一条命就好……"这郭侉子还真是国民党的潜伏特务！

1948年春天，刺榆树刚冒芽儿，驻扎在附近的解放军就开往前线了。解放军走后不久，国民党的骑兵团就打回来了，领头的是地主宋四坏。群众藏好粮食就赶紧往村外跑。谢荣策心想：乡亲们还没走远，我得拖住敌人。

他刚走到村口，宋四坏就认出了他："这是共产党的儿童团团长！"

"哟，谢团长啊，快跟国军说说穷鬼们和共产党干部都去哪了？"

骑兵团的团长亲自审问谢荣策。敌人用尽酷刑折磨谢荣策，谢荣策一次次昏迷，又一次次被冷水泼醒，但他只是说："不知道！"

第二天中午，国民党兵把谢荣策拉进宋四坏家的堂屋。屋里面摆好了一桌酒菜，骑兵团团长斜靠在太师椅上："来来，吃菜。跟共产党有啥前途，给我当个勤务兵，喝酒吃肉，怎么样？"

"哼！想得美！你是团长，我也是团长，凭啥给你当勤务兵，你死了这份心吧！"谢荣策一抬手，盘子碎了一地。

"把这个小穷人头子给我拉出去，枪毙！"骑兵团的团长恼羞成怒，歇斯底里地对部下狂叫。

敌人实在无计可施，就决定对谢荣策下毒手。1948年3月13日的早晨，谢荣策被敌人枪杀在古庙前，那时他才17岁。

诵读英烈遗作，传承红色基因

朱　瑞

把地自动让给农民，才算名副其实的革命家庭

——给母亲哥哥的信（节选）

母亲、哥哥：

我在民国三十四年十月从延安到东北来，同年十二月彩琴带淮北也来到东北。在东北两年多了，我们身体都好。彩琴又生一女儿，名字叫"东北"，很像淮北，快能走了，蛮健康。彩琴原先身体不好，生东北后保养得好，

现在很壮很胖，请勿念。

我在延安做炮兵工作了，因我在苏联学的炮兵，我很喜欢这工作。到东北后，人民炮兵大大发展，我很高兴地工作着，身体比过去更好了，工作精力更大，工作也还顺利。

东北发展很快，我想我们不久就要打进关，与华北会合。胜利（这次是真正的胜利了）与家乡见面，希望母亲、哥哥、嫂子及小侄均健康，均团圆见面为好。

苏北及山东打仗很多，听说家乡年成很坏，不知家中如何？

……

农民翻身，国家才能强盛。我家有地出租，这就是地主，应做模范，把土地自动献给农民，这才算名副其实的革命家庭。我想，母亲及哥嫂必定早都做到，我记得在山东时母亲和哥哥都说过，我家都参加革命了，要地是没用处的。这是对的。

……

至各子侄辈，仍希统统推动他们出来参加革命工作或学习，才不致落到时代后边，甚至做对人民不利的事情。此事请哥哥多负责领导他们。

祝

阖家平安

敦仲　敬上

一九四八年九月八日

第二编

爱党少年兴中国

新中国的儿童，要爱祖国，爱科学，
爱劳动，准备好好的建设新中国。
　　　　　　　　　　——毛泽东

党和国家领导人寄语

你们要学点本事为国家作贡献。大本事没有，小本事、中本事总要靠自己去锻炼。

——邓小平

小小交通员——林森火

在浙江省玉环烈士陵园内，一座低矮的坟墓被一片苍松翠柏围绕着。上面镌刻"少年英雄林森火"7个大字的石碑，庄严肃穆地立在墓前。

林森火，1934年生。幼年的林森火家里经常无米下锅，曾几次中断上学。而村民们还受尽了渔霸和地主们的剥削和欺凌。一颗对阶级敌人仇恨的种子悄悄埋在了林森火幼小的心灵。

12岁那年，林森火参加了坎门镇的地下儿童团，由于他机灵能干，组织就让他担任儿童团的团长。他们秘密帮助地下党组织印发传单，还利用一切机会秘密宣传，鼓动群众与反动派做斗争。田间地头，街角巷尾，不时闪现着他们小小的身影。在儿童团的积极宣传鼓动下，群众的觉悟提高了，革命意识也增强了，村里的渔霸、地主们的气焰也在逐渐削弱。

在学校，为了让更多的孩子看到进步书籍，林森火提议把大家手里

的图书集中起来，做到有计划借阅。这个提议得到了老师的赞成和帮助。他和小伙伴们在自家屋旁的一小块空地上搭了个小草棚，这里便成了孩子们的秘密图书馆。后来，来的人越来越多，这逐渐引起了敌人的注意，他们又设法把书藏到了土地庙的一口破棺材里。就这样，那些没钱读书的穷苦孩子既学到了知识，又接受了革命教育。

1947 年，濒临失败的国民党反动派更加猖狂了，他们加紧搜捕共产党人，全县处于恐怖之中。林森火又自愿担任地下党的秘密交通员，为地下党站岗放哨、张贴标语、传送情报。每次，他都机智地躲过敌人的细查追问，顺利地把情报送到联络点。

1949 年，随着中华人民共和国的成立，林森火的家乡也解放了。已当上全镇儿童团团长的林森火又光荣地加入了中国新民主主义青年团。

这时，盘踞到台湾岛的蒋介石因不甘心失败，经常派特务潜回大陆，秘密搞破坏。1950 年 11 月，特务又来骚扰。激烈的枪声和震耳的爆炸声让学校无法上课。林森火就在老师的吩咐下，护送同学们回家。完成任务后，林森火听说山上解放军的子弹不多，情况十分危急，他就跑进镇公所，加入送子弹的民兵队伍。阵地上的子弹像雨点一样落下，他抱着一箱子弹东躲西藏，及时送到了山上，最终特务们被打得落荒而逃。

　　林森火从山上下来，走到半山腰，发现一位炊事员挑着两筐刚蒸好的馒头往山上送。他看到炊事员摇摇晃晃有些不稳，立即跑上去搀扶，就在这时，一颗炮弹呼啸而来，"轰"的一声，在林森火身边爆炸了……

　　16 岁的林森火走了，他短暂而伟大的一生让人永远铭记。

诵读英烈遗作，传承红色基因

杨靖宇

东北抗日联军第一路军军歌

我们是东北抗日联合军，创造出联合军的第一路军。
乒乓的冲锋杀敌缴械声，那就是革命胜利的铁证。

正确的革命信条应遵守，官长士兵待遇都是平等。
铁一般的军纪风纪要服从，锻炼成无敌的革命铁军。
……
英勇的同志们前进吧，赶出日寇推翻"满洲国"。
这一次的民族革命战争，要完成弱小民族解放运动。

高悬在我们的天空中，普照着胜利军旗的红光。
冲锋呀，我们的第一路军！冲锋呀，我们的第一路军！

党和国家领导人寄语

星星火炬，代代相传。

——江泽民

炮火中的小英雄——李家发

1934 年，李家发出生在安徽省南陵县。家发出生那年，家乡遭遇旱灾，田地颗粒无收，母亲又体弱多病，实在无法喂养嗷嗷待哺的李家发。在乡亲们的救济下，李家发吃着百家饭，穿着百家衣渐渐长大了。穷人的孩子早当家，李家发 8 岁能放牛，12 岁会栽秧，小小年纪便独当一面。

1948 年，一个叫张华的游击队员遭到敌人追杀，他躲到了李家发的家里。深明大义的家发父亲收留了他，对外宣称他是在外做木工的儿子，因身体患病在家休养。从此，李家发与张华兄弟相称，朝夕相处。白天李家发下地干活，晚上就和张华彻夜长谈。张华经常讲："只要有地主、资本家在，穷人永远都吃不饱、穿不暖，只有推翻他们，才有活路。共产党是穷人的队伍，只有跟着中国共产党闹革命，穷苦百姓才能翻身当家做主⋯⋯"在与张华的交流中，"忠诚革命，报效祖国"的种子悄悄在李家发心中生根发芽。

1949 年 4 月，中国共产党率领百万雄师胜利渡江。家乡的解放给了李家发莫大的鼓舞，他积极踊跃支援前线，立志要用自己的热血青春报效国家。

1950 年 6 月，美帝国主义者悍然发动侵朝战争，把战火烧到了鸭绿江。中朝两国山水相连，唇齿相依，中共中央做出"抗美援朝，保家卫国"的伟大决策。

1951 年夏，李家发毅然报名参加中国人民志愿军，成了第 67 军199 师 595 团 1 连的一名战士。

进入朝鲜后，李家发牢记部队首长的嘱托，把朝鲜人民当成自己的亲人，关心、爱护他们，与他们紧紧团结在一起，共同抗击美国侵略者。

一天，十多架美国飞机肆无忌惮地闯入志愿军驻地的上空狂轰滥炸。一个朝鲜大娘的房屋被炸起火，大娘在烈火前无助哭号。李

家发奋不顾身，冲进浓烟滚滚的房屋，发现了屋脚堆积的粮食。他手提肩扛，把粮食全部从烈火中抢出。接着，又抢救出大娘的一包包衣物，甚至做饭用的锅碗瓢盆也都抢救了出来。李家发一次又一次地钻进烈火浓烟中，衣服烧焦了，眉毛燃光了，脸和双手也烤得红肿。胶鞋烤化粘在脚上，脚上的大泡和袜子粘在一起，部队首长心疼得掉下了眼泪。当晚李家发发了一夜高烧，梦里都在喊："救火！救火！"

中国人民志愿军不怕牺牲、保家卫国的精神鼓舞着李家发。初来朝鲜，部队进行战地练兵，李家发的射击成绩不太理想，他晚上彻夜难眠。第二天，他主动向优秀的老战士请教，并细心琢磨射击要领，日后勤学苦练，终于在实弹射击中取得了三枪27环的优异成绩，也因此获得了到团训练队学习特等射击的机会。在射击训练中，他任劳任怨，刻苦认真，打出了五枪全中靶心的优异成绩，并荣立三等功。团首长向他竖起大拇指说："你真是个革命的好苗子！"

1952年冬，任通信员的李家发英勇机智地穿梭在敌人的炮火中，被誉为"铁腿通信员"。

1953年7月，金城战役打响，李家发挺身而出，主动请求炸掉敌人的地堡。地堡里的重机枪疯狂地吼着，李家发所带的手榴弹都已经用完，为了给前进的部队扫清障碍，李家发张开双臂向地堡机枪眼猛扑过去，用自己的胸膛堵住了敌人的机枪眼⋯⋯

1953年9月，中国人民志愿军领导机关授予李家发"中国人民志愿军一级英雄"的称号。同年12月，朝鲜民主主义人民共和国最高人民会议常任委员会授予他"朝鲜民主主义人民共和国英雄"的称号，并授予"金星奖章"和"一级国旗勋章"各一枚。

诵读英烈遗作，传承红色基因

朱振汉

为全中国的人民解放而死是最有价值的

——给母亲的信

我最亲爱的妈妈：

　　我这次写给你是最后的一封信，也是最后一次和你谈话。你儿子的死是光荣的，为了全中国的人民解放而死是最有价值的。妈，一个人是没有两次死的，一个人一定有死，但有的死了是无声无息的，我想一个人生出来做什么呢？其最有价值的就是为了光荣的死。妈，你或许认为你的儿子大不孝了吧？其实你应该欢喜你有一个光荣的儿子。你辛苦抚育是有价值的，全中国的人民都忘不了你。

　　好了，最后我希望你努力教育好伟汉仔，准备建设将来的新中国。

　　并祝

快乐

　　生命诚可贵，爱情价更高。

　　若为自由故，两者皆可抛。

　　　　　　　　　　　　　　小儿　振汉

党和国家领导人寄语

少先队员要培养以集体主义为核心的社会主义道德，努力做到心中有他人，心中有集体，心中有祖国。

——江泽民

草原英雄小姐妹——龙梅和玉荣

在辽阔美丽的内蒙古达尔罕草原，有一对英雄小姐妹，分别是 11 岁的龙梅与 9 岁的玉荣。她们的故事一直被人们广为称颂着。

姐妹俩都是优秀的少先队员，经常帮集体做好事。1964 年 2 月 9 日，这天是星期天，做完功课的姐妹俩便自告奋勇去帮生产队放羊。在阿爸的再三叮嘱下，姐妹俩赶着羊群来到辽阔的达尔罕草原上放牧。

接近中午时，天空突然乌云密布，西北风呼呼地刮着，暴风雪就要来了！姐妹俩担心起来，赶紧把羊群往回赶。可是风太大了，顶着风实在是走不动。紧接着，大片的雪花打在了脸上。暴风雪席卷着整个草原，羊儿们吓坏了，不仅不往前走，反而回过头顺风跑。姐妹俩左赶右撺，大声吆喝，奋力阻拦，可羊群就是不听话地顺着暴风雪疯狂跑去。妹妹急哭了，姐姐安慰道："只要人在，羊群就在。阿爸不是说羊群是我们牧民的命根子吗？""一定要保住集体的财产！"姐妹俩异口同声。茫茫暴风雪中，两个小女孩追着羊群拼命东跑西赶……

　　暴风雪越来越猛，气温也越来越低。整个草原渐渐笼罩在一片黑暗中，姐妹俩已紧跟羊群奔跑了整整一个下午。妹妹玉荣的小脸早已冻肿，呼呼喘着粗气，紧跟在姐姐身后。漫天风雪中，姐妹俩焦急万分，筋疲力尽，狂风吹着脸庞，暴雪袭击着身体，她们辨不清方向，看不见道路，只能跟着羊群奔跑。看见前面有一低洼处，姐妹俩奋力把羊群拢在这里，想暂时躲避暴风雪。姐姐脱下自己的袍子，盖在妹妹身上。她们又冷又饿又困，不知不觉偎依着睡着了。

　　不知过了多久，被冻醒的龙梅睁眼看到，妹妹和羊群没了踪影！龙梅担心极了，她扯着喉咙呼喊，可茫茫风雪吞没了她的声音。她顺着风向，跌跌撞撞地向前跑去。大约跑了二三里路，龙梅终于找到了妹妹和羊群，悬着的心稍微放下了，姐妹俩抱在一起。为了不再走散，姐妹俩决定靠在一起，手拉着手跟着羊群走。俩人又累又饿，真想躺倒在雪地里，可羊群一个劲儿地往前跑，实在跑不动了，她俩就选了一头身体壮实的羊，拽着羊尾巴，深一脚浅一脚地让羊拖着走。

　　第二天天亮，暴风雪渐渐停了。"嘀——"姐妹俩循声望去，原来她们来到了白云鄂博火车站！姐妹俩大吃一惊——一天一夜跑了100多里路！她俩兴奋得抱着跳起来，可妹妹

玉荣踉跄了一下，姐姐龙梅赶紧扶住她。龙梅低头一看，惊呆了，一只早已冻成冰疙瘩的脚站在雪地上。玉荣低头一看，自己的毡靴不知什么时候跑丢了一只。龙梅心疼极了，急忙脱下自己的靴子想给妹妹穿上，可靴子已冻在脚上，怎么也拽不下来。龙梅只好撩起自己的袍子，用力撕下一角，包在妹妹的脚上。妹妹催着姐姐赶紧清点羊群。300多只羊，安然无恙，姐妹俩红肿的脸上露出了笑容。

姐妹俩和羊群终于脱险了，这真是一个奇迹！但在风雪中搏斗了一天一夜的姐妹俩却都被严重冻伤：龙梅失去了左脚拇指，玉荣右腿膝关节以下和左腿踝关节以下做了截肢手术，造成终身残疾。

姐妹俩在暴风雪中守护羊群的故事迅速传遍了全国，人们惊叹着，称颂着。共青团中央授予她们"草原英雄小姐妹"的荣誉称号。

诵读英烈遗作，传承红色基因

陈法轼

抒　怀

贪吏去兮酷吏后，污迹遍城薰宇宙。
安能召得河伯来，鼓浪洗尽乾坤垢。

党和国家领导人寄语

世界上最难的事情，就是怎样做人、怎样做一个好人。要做一个好人，就要有品德、有知识、有责任，要坚持品德为先。你们现在都是小树苗，品德的养成需要丰富的营养、肥沃的土壤，这样才能苗壮成长。现在把自己的品德培育得越好，将来人就能做得越好。

——习近平

铁轨救人的小英雄——戴碧蓉

1968 年 9 月 14 日，在湖南省株洲市火车站的调车场附近，上演了一场惊心动魄的铁轨救人行动。第三铁路小学的少先队员戴碧蓉见义勇为、舍己救人的事迹迅速传遍全国。

那天下午放学后，戴碧蓉背起书包，沿着铁路往家走。天气有些炽热，长长的铁路伸向远方，锃亮的铁轨闪着白光晃着她的眼。不远处，是株洲火车站的调车场，工作人员正在忙碌着。随着火车的到来，长长的车厢被拆节、编组、集结，然后各奔东西。戴碧蓉时常想，总有一天，自己也会坐着长长的火车去远方的。

忽然，孩子的玩闹声吸引了戴碧荣的注意力。原来，调车场附近的铁道上有三个五六岁的小孩儿正在玩耍。一个站着，两个蹲坐在铁轨上，他们正专心地玩弄着枕木下的小石子，嘴里还唱着儿歌，随着手中石子的上下翻飞，小女孩的辫子也上下跳动着。戴碧蓉笑了，多么快乐的童年！自己小时候也是这样的快乐。

想着想着，她猛然意识到危险，便急忙走过去。就在这时，"咣当咣当"的声音传来。不好！远处几节车厢正从铁道上飞快地滑行而来。她急切摆手，大声喊道："快走开，危险！"三个孩子没一点儿反应，仍然低头专心玩耍。车厢滑行得越来越快，离他们越来越近，戴碧蓉边跑边扯开喉咙高喊："快躲开，危险！危险！"孩子们吓呆了，瞪着眼，张着嘴，一动不动地站在那里。这时，长长的车厢朝他们直冲过来。

时间就是生命，戴碧蓉冲上铁轨，迅速抱起一个孩子，把他放到铁轨外，又冲上去抱出另一个。这时的她有些筋疲力尽，心慌、口干、腿软，一点劲儿也没有了。剩下的那个孩子吓得哇哇大哭，而此时车厢离这个孩子只有几米远！千钧一发之际，戴碧蓉丝毫没有犹豫，又冲上轨道，奋力抱起孩子，正要跨出铁轨，左脚却卡在枕木间的空隙里怎么也拔不出来。列车已呼啸而来，她斜着身子，双手用力一推，把孩子推向了轨道外。刚要用手去拔腿，车厢忽闪而过，戴碧蓉被撞倒了，左腿和左臂被碾压在车厢下。鲜血染红了轨道，染红了枕木，她昏迷过去……

　　戴碧蓉永远失去了左臂和左腿，她坚强地接受了这残酷的事实。她相信生活是美好的，自己一定能行，别人做到的她一定也能做到。后来，一个个困难在戴碧蓉坚定的信念和顽强的意志下都被克服了，一直到中学，她都是班里的三好学生。

　　1969 年，戴碧蓉受邀参加国庆周年观礼。周总理称赞她是"舍己救人，见义勇为"的典范，还和戴碧蓉一起照了相呢。1979 年，戴碧蓉作为共青团十大代表受到了邓颖超奶奶的接见。此后，戴碧蓉更增强了生活的信心，她用幸存的右手和右腿开启了新的生活。

诵读英烈遗作，传承红色基因

邓中夏

狱 中 遗 言

　　一个人不怕短命而死，只怕死的不是时候，不是地方。中国人很重视死，有重于泰山，有轻于鸿毛。为个人升官发财而活，那是苟且偷生的活，也可以叫作虽生犹死，真比鸿毛还轻。一个人能为了最多数中国民众的利益，为了勤劳大众的利益而死，这是虽死犹生，比泰山还重。人只有一生一死，要生得有意义，死得有价值。

> ## 党和国家领导人寄语
>
> 为人民服务，担当起该担当的责任。
>
> ——习近平

永不凋谢的英雄之花
——努尔古丽

哈萨克族的小姑娘努尔古丽，在哈萨克语中，她有一个好听的名字，叫"灿烂的花朵"，大家都非常喜欢她。戴上红领巾的她更像是一朵盛开在草原的美丽小花。

努尔古丽爱听故事，更喜欢故事中的英雄。爸爸买的小人书《刘胡兰的故事》，她尤其喜欢，一遍遍地读，激动处还加以表演。努尔古丽是个多才多艺的小姑娘，喜欢唱歌，还会用哈萨克语演唱呢。草原是她的家，她热爱着草原，喜欢草原上的牲畜。12岁的她就学会了给牲口打针、用药等基本的护理知识。饲养的生产队的100多头骆驼，个个膘肥体壮，这少不了努尔古丽的精心照料。

1979年4月10日，生产队为了让骆驼吃到更好的草，决定把驼群转移。另一座草场在40里外的地方，早早吃过饭，努尔古丽和弟弟以及小伙伴哈斯木先赶着驼群上路，临走时，爸爸妈妈再三叮嘱："要看好驼群，不能丢，那是生产队的财产。"努尔古丽使劲儿点点头。

临近中午时，突然刮起暴风，天昏地暗，气温急剧下降，紧接着大雪弥漫了整个草原，继而噼里啪啦地下起了冰雹，他们从来没见过这么大的暴风雪。

驼群受惊了，狂奔乱窜，不听指挥。他们3人分头赶，费了好大劲儿才把驼群围拢在一起。往前，不能走；往后，也不能回。他们只能把驼群先暂时安置，躲避暴风雪，让弟弟先回去报信。

风越刮越猛，雪越下越大。几只小驼羔被风刮得跌跌撞撞，直打哆嗦，眼看就要被冻死了。努尔古丽很是心疼，她找来毡片、褥子，紧紧围住驼群，又脱下身上的罩衫盖在它们身上。努尔古丽和哈斯木紧靠驼群，脸冻得发紫，牙齿也冻得咯咯响。

天越来越黑，暴风雪还在逞凶，一直持续了七八个小时，地上的雪早已没过毡靴。努尔古丽想：怎么办，这样干等下去是不行的，暴风雪不知什么时候能停，时间长了小驼羔会被冻死的，绝不能让集体的财产受损失。她决定找人帮忙。时间紧迫，他们先指挥驼群全部卧倒，把小驼羔重新围好，然后各骑一匹骆

驼一起出发。为避免走散，哈斯木走在前，右手牵着努尔古丽骆驼的缰绳，每走一段，哈斯木就呼喊努尔古丽的名字。他们伏下身子，紧贴在驼背上，艰难地在暴风雪中前进着。

"努尔古丽！"哈斯木又一次呼唤，却没了应声。他马上低头看手里的缰绳，紧攥的手中早已没了努尔古丽缰绳的踪影，他的手僵握着，已失去了知觉。他立刻调转驼头，赶紧吆喝着寻找，茫茫草原，他只听见风雪的怒号，却不见努尔古丽的影子！

原来，努尔古丽被冻得昏迷了，失去牵引的骆驼也在暴风雪中没了方向。等到努尔古丽再次醒来，已不见哈斯木的影子。她又饿又冷，几次差点儿从驼背上掉下来。她不放心驼群，又独自沿着驼蹄印回到驼群卧下的地方。幸好，驼群没散，她用力跳下骆驼，摔倒在雪地上。她支起胳膊爬到驼群边，努力睁开眼睛，仔细清点骆驼的数量，一只，两只……她的意识有些模糊，可还是爬着数清了数量。一只也不少。她又爬到小驼羔的身边，用胳膊碰碰，小驼羔动动身子，它们还活着！她长舒一口气，突然一阵天旋地转，一头栽倒在雪窝里……

人们赶来时，已是第二天下午，努尔古丽的身体已冻僵了，放牧的皮鞭紧夹在她的右胳肢窝下。无边的雪地里，100多只骆驼安静地守候着她。

努尔古丽用生命守候驼群的故事传遍全国，共青团中央追认她为"优秀少先队员"。"革命小烈士努尔古丽"的纪念碑高高矗立在草原上，周围鲜花盛开，花一样的小姑娘静静守候着这片美丽的草原。

诵读英烈遗作，传承红色基因

吕惠生

洗 心 诗

孳孳货利已根生，哪得人人肯洗心。

只有铲除私有制，人心才可不迷金。

1935年，无为县县政府决定在被宋、杨两家豪绅多年非法霸占的一块公地上建造仓库。两豪绅便凑了二百块银圆，派人送到时任县政府建设科长的吕惠生家中，请他帮忙取消这项决定。吕惠生把宋、杨两人叫来，严词驳斥他们："行贿受贿，这本是寡廉鲜耻之辈所为。我为一介寒士，绝不愿不顾公家的利益，得你们的黑礼！"他坚决让宋、杨两家退地，为教育他人，用这笔贿款在县城绣溪公园筑一茅亭，题名"洗心亭"，并作此诗。

党和国家领导人寄语

谅解、支援和友谊，比什么都重要。

——毛泽东

背着同学去上学的红花少年
——王玉梅

王玉梅，被评为天津市的"红花少年"，同时还被共青团中央授予"优秀少先队员"的称号。她助人为乐的事迹得到了大家的广泛传颂。

1976 年，王玉梅上小学了。吃过早饭，她背上小书包，高高兴兴地来到学校。小玉梅好奇地看着新校园的一切，走遍每个角落后，就来到了自己的教室。这时，同村的许静由妈妈背着也来了。许静下肢瘫痪，不能走路，平时总坐在家里爸爸自制的椅子上，王玉梅也经常到她家玩耍，陪她解闷。王玉梅很高兴地跑过去，接过许静的小书包，跟许静妈妈一起进入了教室。许静妈妈拍拍王玉梅的肩，高兴地说："在学校里，你多帮帮她。"王玉梅和许静成了同桌，更成了要好的朋友。

就这样，每天上学、放学，许静都由爸爸妈妈背着送来、接走。有一天，王玉梅看见许静妈妈放下许静就心急火燎地走了，心想：大人们都有他们的事忙，天天这样接送，很耽误干活。下午放学后，王玉梅主动对许静妈妈说："以后我背许静上学、放学吧。"许静妈妈很是感激。

第二天，王玉梅早早吃完饭，来到许静家。在许静妈妈的帮助下，王玉梅背起许静，许静背上她们的小书包。王玉梅走一会儿歇一会儿，费了好长时间才来到学校。放下许静，累得气喘吁吁的王玉梅长舒一口气，微笑着回到自己的位子上。就这样，王玉梅一天天接送着上下学的许静，从未耽误。

冬天到了，天气非常恶劣，王玉梅就提前从家里走。有一天下大雪，王玉梅提前 20 分钟来到许静家。她背起许静，小心翼翼地走着。由于风太大，纷纷扬扬的雪花不时迷住了她的眼，走着走着，王玉梅脚下一滑，"扑通"一声跪倒在雪地上，许静也滚落下来。王玉梅赶紧爬起来扶起许静。王玉梅的膝盖磕破了，脚也崴了，手上还蹭了个口子，鲜血直流。由于冬天穿得厚，王玉梅费了好大的劲儿才重新背起许静，她忍着疼痛，一瘸一拐，更加小心地向学校走去。

5 年过去了，她俩都长高了，许静的身体也越来越重，王玉梅背着许静更吃力了。每次，她总是先费力地把许静抱到桌子上，然后再背起她。有同学劝王玉梅别背了，她都只是微微一笑没有作声。5 年来，不管是烈日下，还是寒风中，王玉梅从没有放弃。上学、放学的路上，人们总见她俩连为一体的身影。学习上，王玉梅也决不落后，常常考第一名，年年被评为"三好学生"，老师和同学们都很喜欢她。

无私付出的人生必定是光彩的。1981年，王玉梅被评为"天津市红花少年"，同年还参加了在南斯拉夫举行的"国际少年英雄活动"。

诵读英烈遗作，传承红色基因

刘伯坚

戴镣行

戴镣长街行，蹒跚复蹒跚，

市人争瞩目，我心无愧怍。

戴镣长街行，镣声何铿锵，

市人皆惊讶，我心自安详。

戴镣长街行，志气愈轩昂，

拼作阶下囚，工农齐解放。

党和国家领导人寄语

从小做起，就是要从自己做起、从身边做起、从小事做起，一点一滴积累，养成好思想、好品德。

——习近平

舍己为人小英雄——韩余娟

1971 年，韩余娟出生于江苏省原宿迁县塘湖乡（今为宿迁市湖滨新区井头乡），是塘湖乡中心小学（今为余娟实验小学）的一名少先队员，更是人们心中的革命小烈士。

韩余娟的父亲是一位二等伤残军人，由于干不了重活，韩余娟就成了父母的小帮手。村里格外关照他们，邻居们也是力所能及地帮他们家挑水、种田。乡亲们的热心帮忙，让全家人非常感激，爸爸更是经常对余娟说："人要懂得感恩，不能忘本，谁家有困难，咱们也要尽力帮忙。"小余娟看在眼里，记在心里。

村里有一位傅奶奶，年过七旬，孤苦伶仃，生活很是不便。余娟就经常去她家里帮忙，给奶奶梳头洗脸，热菜端饭，洗脚暖被窝，还给奶奶唱歌讲故事。有了小余娟的陪伴，傅奶奶的生活多了很多快乐。

有一天，傅奶奶生病了，咳嗽了一晚上，起来倒水时，又不小心摔倒了。余娟给傅奶奶收拾好后，回到家跟爸爸商量："爸爸，我晚上搬

到傅奶奶家住吧，夜里好有个照应。"爸爸欣然同意。得到了爸爸的支持，小余娟就开始照顾傅奶奶的生活起居。

傅奶奶住在村里的大仓库里，由于仓库年代已久，土墙有些开裂，每到刮风下雨，傅奶奶都很担心。1983年8月14日晚，连下了三天的大暴雨仍没有要停的意思。吃过晚饭，余娟照顾傅奶奶早早睡下，又仔细检查屋内所有漏雨的地方，她倒掉盆里已经接了半盆的水，就准备躺下休息。突然，韩余娟被"轰"的一声巨响惊醒了，她赶紧下床察看，屋顶已坍塌了一块，有根水泥檩条已经断裂，吱吱呀呀地响着，整个房顶都在晃动。余娟赶紧喊起傅奶奶，并奋力把她推出门外。正在这时，又一块房顶轰然而下，韩余娟顿时倒在了血泊中。一根水泥檩条重重压在她身上，积土和草屑盖满了她全身。

巨大的轰塌声，惊动了周围的村民，昏迷中的傅奶奶和血泊中的韩余娟被赶来的村民送进了医院。醒来后的傅奶奶拍打着病床，痛心地自责："可怜的闺女呀，她这都是为了我这条老命呀！"

在医生的全力抢救下，韩余娟慢慢睁开了眼睛，开口说的第一句话还是关心傅奶奶的安危。在场的医生和乡亲们都心疼得直掉泪。由于伤势过重，韩余娟几度昏迷，奄奄一息的小余娟临终前向妈妈提出了一个要求："妈妈，我想要一朵小红花。"当泣不成声的妈妈将小红花戴在她头上时，韩余娟露出一丝微笑，然后慢慢闭上了双眼……

12岁的好孩子韩余娟走了，乡亲们悲痛万分，500多人的送葬队伍排了好几里路。1984年，共青团江苏省委授予韩余娟"英雄少年"的称号，同年，共青团中央也授予她"舍己为人小英雄"的光荣称号。

诵读英烈遗作，传承红色基因

白深富

花

我爱花。
我爱洋溢着青春活力的花，
带着霜露迎接朝霞。

不怕严寒，不怕黑暗，
最美丽的花在漆黑的冬夜开放。

它是不怕风暴的啊，
风沙的北国，
盛开着美丽的矫健的百花。

我爱花。

我爱在苦难中成长的花，
即便花苞被摧残了，
但是更多的，
更多的花在新生。

一朵花凋谢了，
但是更多的花将要开放，
因为它已变成下一代的种子。
花是永生的啊，
我爱花，
我爱倔强的战斗的花。

花是无所不在的，
肥沃的地方有花，
贫瘠的地方有花。
在以太里
有无线电波交织的美丽的花；
在一切的上面
有我们理想的崇高的花。

我爱花，
我愿为祖国
开一朵绚丽的血红的花。

第三编

爱党少年富中国

希望全国少先队员牢记党和人民的重托，在德、智、体、美等方面全面发展，争当热爱祖国、理想远大的好少年，争当勤奋学习、追求上进的好少年，争当品德优良、团结友爱的好少年，争当体魄强健、活泼开朗的好少年，时刻准备着为建设富强民主文明和谐的社会主义现代化国家贡献智慧和力量。

——胡锦涛

党和国家领导人寄语

　　希望全国的小朋友，立志做有理想、有道德、有知识、有体力的人，立志为人民做贡献，为祖国做贡献，为人类做贡献。

——邓小平

戴红领巾的"农艺师"——李文慧

　　1993 年，13 岁的男孩李文慧，就读于黑龙江省大庆市龙凤乡久青小学。这一年，他被评为"全国十佳少先队员"。别看年龄小，李文慧却是村民口中的"小农艺师"。他小小年纪就坚持自学现代化农业科学知识，并组织"农业科技小组"，指导农户科学种植。在他的带领下，一个又一个的贫困户靠科学走上了富裕道路。

　　1988 年，村里兴建蔬菜大棚，文慧父母借款 1000 多元也建起了一个 400 多平方米的蔬菜大棚。可由于文慧父母目不识丁，又不懂种菜技术，一年下来，不仅没挣着钱，还赔了 1000 多元。原本贫困的家庭又陷入了窘迫之中。父母整天垂泪叹息，一筹莫展。8 岁的小文慧看在眼里，急在心里。他知道，父母没读过书，不认识字，不懂种菜技术，即使再辛苦，也难有高收入。从那时起，一个念头就在他心里扎下了根：要好好读书，掌握科学技术，帮助爸爸妈妈。

此后，小文慧变了。课余时，同学在玩耍打闹，他却捧着一本关于蔬菜大棚种植技术的书认真阅读。"你看得懂吗？""读书是为了种菜吗？"同学们不时问一句，文慧只是笑笑，因为任何事情都不能动摇他坚定的信念了。

假日里，同学们看电影、逛公园，他蹲在大棚里，瞅瞅这片叶子，看看那朵小花，再摸摸刚刚鼓起的幼果。密密麻麻的笔记，他做了几大本。他成了镇上小书店的常客，一坐就是几个小时。随身携带的字典是文慧及时请教的老师，他还有好多字不认识呢。就这样，数十册的专业书，小文慧硬是啃了下来。

有理论还要有实践，他向有经验的农民请教，选种、整地、下种、施肥，样样都学。他还在自家大棚里试种多种蔬菜，仔细地观察、记录，光笔记就记了5万多字。在全乡的农业科技知识竞赛中，李文慧获得了一等奖，这更激发了他不断探求的兴致。

1989年，9岁的李文慧帮助父母又一次种植了更大面积的大棚蔬菜。他当起父母的小老师：施什么肥，深浅如何，怎样给花传粉，什么时候放风……他反复教给父母，耐心又细致。几个月过去了，大棚里绿意葱葱，长势喜人，当年就有了7000余元的收入。父母终于舒展了眉头，夸赞这都是小文慧的功劳。

得到家人的认可，小文慧更坚定了科学致富的念头。在学校里，在他的宣传和带动下，越来越多的同学对科学种植产生了兴趣，他借机成立了农业科技小组，并自告奋勇担任组长。他热心地分享着自己的经验。兴趣班上，他和同学们一起研究，一起探讨。他还把自家大棚当作实验田，放学后带领大家走进大棚交流学习，俨然一位小小的"农艺师"。

文慧成了村里的种菜专家，村民们只要碰到问题就会问他，文慧也乐此不疲，一一解答。文慧还带领科技小组成员宣传科学种菜，推广新品种，走进田间地头指导农民种菜。慢慢地，他成了远近闻名的小专家、小能手。

一天，年近六旬的高爷爷急火火地赶到文慧家，说："文慧，快去看看我家的黄瓜秧吧，几亩地的黄瓜可别这么完了！"文慧一听，连忙跟高爷爷来到大棚。黄瓜秧黄中泛白，没了先前的葱绿和生机。文慧一看就知道是双毒病，赶紧告诉高爷爷如何打药、如何管理。经过两天的治疗，黄瓜秧变绿了，高爷爷也露出了舒心的笑容。文慧还告诉高爷爷，蔬菜如何放风、苗间距离应是多少等科学的管理方法。高爷爷听了，直夸文慧懂得真多。

几年来，李文慧和小伙伴们为全村34户农家现场指导460多次，解决多种疑难问题。有了科技农业小组的指导，更多的蔬菜大棚建起来了，一筐筐、一车车的蔬菜走出家门，运往全国各地。村民们的腰包鼓了，生活好了，他们都由衷地感激小文慧。

李文慧深知，不能满足于此，仍要在科学种田的海洋中不断探索。在学习上，他一刻也不放松，每次考试都名列前茅。1993年，李文慧被评为了"全国十佳少先队员"，他成了乡亲们的骄傲。大家都自豪地说，有了李文慧这个戴红领巾的"农艺师"，大家的日子一定会像红领巾一样红火。

张友清

既然是一个革命党员，一切就都应该交给党
——给哥哥的信（节录）

大哥，我有句话要对你说：我既然是一个革命党员，我的生命、自由……我的一切就都应该交给党！党需要我怎样，我就要怎样！说的明白一点，党若是需要我去死，我就毫不迟疑地去死！大哥不要以为我是着了迷，为人所愚弄。要知道要救整个的痛苦民众，就不能不有一个重大的牺牲，有成千成万的农民工人饿死了！被残杀了！伟大的革命领袖被砍头了，被绞杀了，被枪决了！自己在世界上，算个什么？整个的问题不能解决，其他什么都是黑暗的。但是解决问题，不是空口说白话，也不是袖手旁观所能解决的。这就是革命党人的责任！我没有按时写信，我不忍心又让你们着急。因为这是很合心情的，就是我自己也并不是完全忘了你们，但是为了革命，我不能不向你们要求，对于我不要太思念的厉害了。

学静

一九二七年七月七日

党和国家领导人寄语

要锻炼强健的体魄和良好的心理素质，培养诚实勇敢、不怕吃苦、勇于创造、积极向上的精神，准备迎接未来建设和改革中遇到的各种挑战和考验。

——江泽民

"手拉手"活动创始人——刘玉玲

很多同学都听说过"手拉手"活动，但你知道它的创始人是谁吗？她就是在 1986 年，代表我国 3 亿多少年儿童在联合国签署了《世界儿童和平条约》的刘玉玲。

1975 年，刘玉玲出生在雄伟的太行山下，那里虽然山清水秀，学习条件却比较艰苦。教室黑洞洞的，土坯墙上镶嵌着两扇小小的木窗，石板砌的桌椅凹凸不平。小伙伴们穿着破旧的夹袄，冬天一来，寒风刺骨。

11 岁那年，刘玉玲随父母搬到了石家庄。新校园有红花绿草，有宽敞明亮的教室，有带着温度的木桌。当城里的孩子在攀比"六一"儿童节的礼物时，她想起老家的很多孩子还常常吃不饱饭。刘玉玲深深意识到城乡之间巨大的差距，一个想法在她心底萌生了。

一天，玉玲和爸爸妈妈商量："城里孩子的橡皮、铅笔没用完就扔

掉了，小区垃圾桶里也常有被扔掉的旧衣服，如果把这些捐给贫困地区的孩子，他们该多开心啊！"爸爸妈妈听到玉玲的想法，欣慰地说："好孩子，我们支持你！"

刘玉玲在班会上也呼吁同学们：节约一支铅笔，省下半块橡皮，为贫困地区的孩子献上一份爱心。1986年5月21日，刘玉玲执笔的《和老区小朋友共享节日快乐》的倡议书在《中国少年报》上发表了。倡议一经发出，得到了广大爱心人士的支持。短短两周时间，来自全国各地的两万多件捐赠物品，如潮水一般拥到井陉县团委和文教局。这项活动也被认为是全国少年儿童"手拉手"活动的开端。

后来，刘玉玲所在的石家庄东村里小学和家乡的小学结成姊妹学校，45名同学结成"互帮互学"对子，"手拉手"活动初具雏形。到2003年，全国已经有6850万少年儿童结成了"手拉手"对子。他们互帮互助，共同进步。

1986年7月9日，在"全国少先队好队长"评选中，刘玉玲荣获"大雁型"好队长称号。当时的团中央书记处书记李源潮亲切接见了她。当李书记问："你这个大雁飞向

哪里"时，刘玉玲爽快地回答："飞向山区。"

刘玉玲虽然年龄小，但胸怀博大，她心里装着一个大世界。1988年，她给联合国秘书长和美国总统各写了一封信。信中提到：珍爱家园，和平共处，这是世界人民共同的心愿，让我们行动起来，维护和平，制止战争，让世界成为充满阳光、鲜花和爱的幸福家园。

1986年9月，她应邀赴美国纽约，代表中国在《世界儿童和平合约》上签字，并出色地完成了出访任务。1989年，她被评为"中国好少年""中国少年之星"和首届"全国十佳少先队员"。颁奖典礼上，邓颖超奶奶微笑着走到玉玲面前，亲自为她颁发金质奖章。

刘玉玲，这只小小的大雁，展翅飞翔，越飞越高……

诵读英烈遗作，传承红色基因

刘　华

须知有国，方有家也
——给哥哥的电文

国家衰弱，强邻欺侮，神圣劳工，辄为鱼肉！我亦民族分子，我亦劳工分子，身负重任，何以家为？须知有国方有家也。

党和国家领导人寄语

以人民安全为宗旨，以政治安全为根本，走出一条中国特色国家安全道路。

——习近平

金寨的守护天使——熊俊峰

1991 年，在那场百年不遇的特大洪水中，一位 14 岁的少年用实际行动给同龄人上了生动的一课。这位少年就是熊俊峰。

熊俊峰家住安徽省金寨县古碑区双石乡码头村，他是双石乡双石中学初一的少先队员。熊俊峰一岁时失去了母亲，但他自理自立能力强，并且勤奋好学，乐于助人，深受同学们和乡亲们的喜爱。

1991 年夏天，雨如闸泄。一场百年不遇的特大洪水，张着血盆大口向江淮大地扑来。

村民们并没有意识到洪魔的利爪已向他们伸来。7 月 9 日清晨，熊俊峰被雷声、雨声、叫喊声惊醒。他一骨碌从床上跳下，鞋都没来得及穿，推门一看，扑入眼帘的景象让他胆战心惊：他家住高处，但洪水已涌进了村庄。

"快来人啊，洪贤德一家人被堵在水里了！"听到呼救，他扭身抓了一件上衣往身上一套，就冲了出去——他知道，洪贤德家地势最低。

洪贤德一家老小是洪水淹到床上后才从熟睡中惊醒的。他们慌乱地爬起来，可想出门时，门窗都已被水堵住。突如其来的灾祸让他们像热锅上的蚂蚁乱作一团，哭声震天。

熊俊峰赶到洪家时，发现洪水已没过了洪贤德家的窗户。熊俊峰急得脑门直冒汗。突然，墙角养蚕用的架子闯进他眼里。他灵机一动，心下有了主意。他将架子扛过来，往墙上一靠，就"蹭蹭蹭"地爬上屋顶。他揭开瓦片，用两只小手使劲扒。不一会儿，屋顶就被扒出一个洞来。

自认为生还无望的洪家老小，突然发现屋顶上打开了洞，小俊峰正在上面向他们招手。洪贤德激动不已，语无伦次地念叨："有救了，我们……有救了！"

救出洪贤德一家后，熊俊峰又马不停蹄地去帮其他几家抢运值钱的东西，一直忙到下午4点。熊俊峰又冷又饿又乏，正想回家吃点东西，忽然看见书记和乡长带着乡亲们朝村头粮站跑去。

"那里屯着咱全乡的口粮，有200多万斤呢，可不能出事。"他跟身边的同学说，"走，咱们也去帮忙！"于是，十几个同学跟上来，蹚着齐腰深的水赶了过去。

雨未停，洪水仍在涨。粮站被围在洪水中，有段围墙已被冲垮。熊俊峰和小伙伴们冲上去，加入了抢险队伍。钢豆般的雨点劈头盖脸地砸下来，狂风卷着巨浪扑过来，但谁也没有退缩。

大人们心疼地劝他们："孩子们，快回去吧，这儿太危险了。"

"不怕，人多力量大。"熊俊峰和伙伴们齐声回答。

然而再能抗，他们也只是孩子。忙了一阵，他们就体力不支了，但都咬牙忍着，谁也没打退堂鼓。沙子淹在水下，铁锹不好用，他们就用手挖；沙袋太重，扛不动，他们就拖，两个人一起抬……

一个多小时后，熊俊峰的手和腿上也都是伤痕。他跟跟呛呛地迈着步子，一阵天旋地转，"扑通"一声栽倒在沙袋上。

"俊峰，俊峰，你怎么了？快醒醒！"孩子们焦急地喊起来。

听到喊声，粮站的杨站长飞奔过来："快，把小木船划过来。"他边跑边吩咐身边的小杨。

俊峰被送回家后，嫂子心疼得直掉眼泪："你说，你咋这么傻？早上一粒米没吃、一口水没喝就跑了出去，你以为你是金刚葫芦娃啊？"

听到嫂子这么说，再看看俊峰，杨站长也忍不住掉泪了："你这娃是在拼命啊！"

嫂子给他擦干净脸上的泥水，去厨房烧了姜汤，托着他的下巴，一勺一勺地喂。过了好一会儿，俊峰才苏醒过来。

"你这么拼命，万一有个好歹，你说，你让我咋跟死去的妈交代？"嫂子摸了摸他的额头，忍不住心疼地责备俊峰。

"嫂子，你别担心。我吃饱饭，再美美地睡一觉就好了。"见嫂子担心，俊峰连忙安慰嫂子。

屋外，风狂雨骤。雷声像战鼓一样，一声一声地敲在俊峰心上。现在雨这么大，洪水这么猛，学校有人守吗？想到这儿，他又冲了出去。

当熊俊峰赶到时，学校的防冲墙已垮，排水沟也被洪水带来的泥沙填得满满的，教室的墙基在洪水的冲击下摇摇欲坠。

他熟门熟路地找到铁锹，跳到水沟里拼命地铲、不停地挖……泥沙被清理干净了。他又转身找来石块挡在墙基下，还在石块前面挖了一条小沟，让水改道。

学校安全了，已是凌晨时分了。他干脆到教室里把课桌拼成了一张"床"。

父亲打着手电找来时，他的脸通红，还在说着梦话："保住学校，一定……要保住学校……"

父亲的手哆哆嗦嗦地摸向儿子的额头，一摸烫手："呀，发烧了，俊峰，你醒醒。醒醒，我送你回家！"

"不，雨还没停，洪水还没退，这儿得有人守着。"他语气很坚决，"爸，让我留下吧，学校不能出事。"

作为在这个学校工作了大半辈子的老教师，他懂儿子的这份坚守。

四天四夜后，洪水完全平缓下来。可俊峰高烧不退，被紧急送进了乡医院。一检查，已是胸膜积水。

熊俊峰抗洪抢险的事迹很快传遍了金寨县，县教委、团县委联合授予他"金寨好少年"的光荣称号。不久，熊俊峰又荣获全国"十佳少先队员"的殊誉，成为全国中小学生学习的楷模和榜样。面对这些荣誉，熊俊峰一再说："我做的都是我应该做的。荣誉应该给比我贡献更大的同学和辛勤教育我的老师。"

裘古怀

就义前给党和同志们的遗书

伟大的中国共产党和全体亲爱的同志们！当我在写这封信的时候，国民党暴徒正在秘密疯狂地屠杀着我们的同志，被判重刑的或无期徒刑的同志，差不多全被迫害了！几分钟以后，我也会遭到同样的被迫害的命运。

伟大的党！亲爱的同志们！我非常感激你们。由于党给我的教育，使我认识了这社会的黑暗，使我认识了革命，使我成为一个有生命的人。现在在这最后的一刹那，我向伟大的党和你们致以最崇高的敬礼！

我满意我为真理而死！遗憾的是自己过去的工作做得太少，想补救已经来不及了。在监狱里，看到每个同志在就义时都没有任何一点惧怕，他们差不多都是像去完成工作一样跨出牢笼的，他们没有玷辱过我们伟大的、光荣的党。现在我还未死，我要说出我心中最后的几句话，这就是希望党要百倍地扩大工农红军。血的经验证明，没有强大的武装，要想革命成功，实在是不可能的。同志们，壮大我们的革命武装力量争取胜利吧！胜利的时候，请你们不要忘记我们！

裘古怀

八月二十七日

党和国家领导人寄语

希望你们有意识地从各方面锻炼自己，提高自学、自理、自护、自强、自律的能力，长大后像雄鹰一样展翅翱翔，成为国家和人民需要的合格人才。

——江泽民

自强不息的"蔷薇花"——杜瑶瑶

一次意外，爸爸突然去世，家庭的重担一下子落在一个不谙世事的孩子身上。她就是杜瑶瑶，那年才8岁。

爸爸突然离世，妈妈又患病在床，阴霾笼罩着这个不幸的家庭。年幼的瑶瑶悄悄擦干眼泪，陪伴妈妈奔波在家与医院的路上。这样的日子过了三年，瑶瑶一天天长大，也越来越懂得如何照顾妈妈，她说："爸爸走了，我得把妈妈照顾好！"

妈妈出院后，瑶瑶更是无微不至地照顾妈妈。瑶瑶每天4点多起床生炉做饭，喂妈妈喝完药吃完饭后背着书包就往学校跑。下午放学到家，帮妈妈清理一天的大小便，然后做晚饭。吃完晚饭，收拾屋子、洗衣服……瑶瑶每天像上足了弦的闹钟，一刻也不停歇。她常常说："只要每天能看到妈妈，吃多少苦我都愿意。"

无论多苦多累，瑶瑶都没在妈妈面前流过一滴泪，她不断向妈妈报告好消息："我数学考了100分，语文也考了100分。""我评上'三好学生'了！"有一天瑶瑶放学回家，兴高采烈地对妈妈说："妈妈，我刚学了一支舞蹈，我跳给您看！"

"我是墙角的一朵蔷薇花，风吹过，雨淋过，天晴就开花，下雨就生长……"

她笑着，唱着，在妈妈面前翩翩起舞，像一只美丽的蝴蝶。望着女儿投入的神情和舒展的动作，妈妈脸上流下了既欣慰又难过的泪水。

妈妈经常住院、吃药，家里经济非常拮据，懂事的瑶瑶从不吃零食，连水果也几乎不吃，每顿饭就是就着咸菜啃馒头，可她却千方百计地给妈妈补充营养。有一次，瑶瑶给妈妈买了苹果，妈妈拿起一个递到瑶瑶手里："吃吧，孩子，苹果是你最爱吃的。"瑶瑶冲妈妈咧嘴一笑，说："就是因为我以前吃太多了，现在都不想吃了，妈，您快吃吧！"

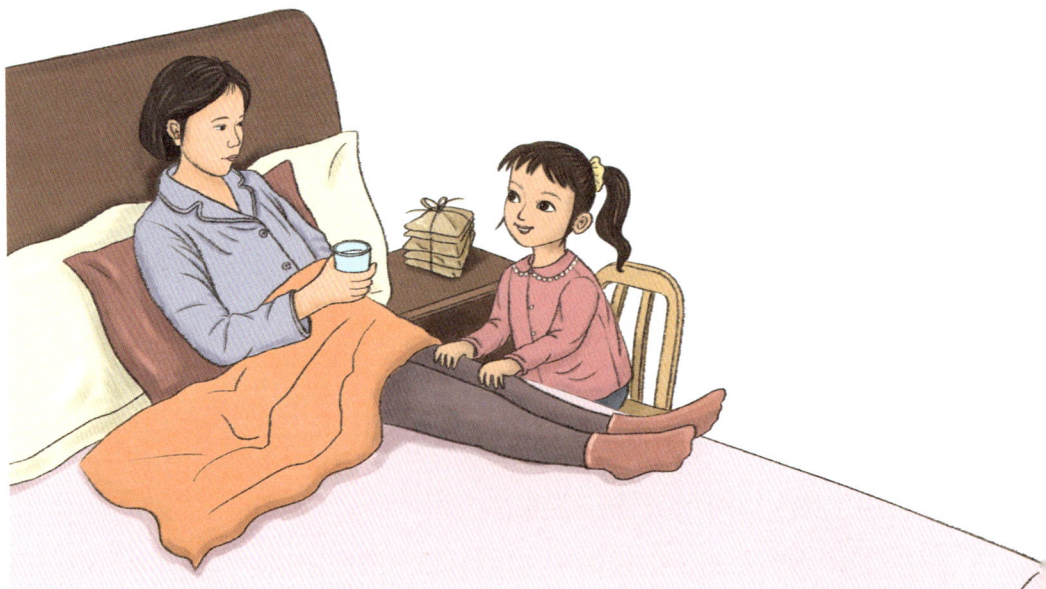

妈妈由于长期卧床和心力衰竭，下肢瘫痪了，不得不再次住进医院。瑶瑶非常心疼妈妈，每晚睡觉前，先给妈妈按摩双腿，然后把妈妈的双腿放在自己胸前，为妈妈暖腿。妈妈不肯这样做，怕冻坏了女儿。可瑶瑶坚持睡在床的另一头，用自己身体的温度，温暖着妈妈冰凉的双腿。

为了让女儿睡个安稳觉，妈妈想咳嗽的时候，总是用力忍着，常常憋得脸红脖子粗。瑶瑶发觉后，立即提醒妈妈："要咳嗽时千万别强忍，医生说痰卡在嗓子里会有生命危险的！"为了妈妈的安全，瑶瑶每晚都不敢睡得太熟，只要听到妈妈呼吸急促或咳嗽，马上爬起来给妈妈捶背、吃药、吸氧气。

有一天深夜，妈妈突然呼吸急促，脸色煞白，瑶瑶赶紧起来拿氧气袋，却发现氧气袋空了。瑶瑶抱起氧气袋就向医院跑去。

走在漆黑的夜里，瑶瑶只能听到自己"沙沙沙"的脚步响。瑶瑶为了壮胆，她一边小跑一边唱《义勇军进行曲》。到了医院的急诊室，马上让护士给灌足氧气袋。跑回家看到妈妈吸上了氧气，呼吸渐渐平稳下来，瑶瑶才长舒了一口气。

这一夜，瑶瑶只睡了两个多小时。清晨来临，她依然忙着做饭，帮助妈妈洗漱，照顾妈妈吃饭，依然按时到校上课。她在日记中这样写道："苦难来了，哭没有用。我要微笑着面对生活。"

杜瑶瑶无微不至照顾妈妈的事迹，感动了成千上万的人。她被中国少年报社评为"中国好少年"；1993 年被评为第三届"全国十佳少先队员"；1995 年，她的故事被拍成电影《一个独生女的故事》，轰动全国。杜瑶瑶的坚强与孝心让我们看到了一个新时代优秀少先队员可贵的品质！

李 卡

用自己的鲜血灌溉快将实现的乐园

——给朋友的最后遗书

朋友：

当白色的恐怖正在蔓延着，死亡之魔在狂吼的时候，这不是一个凶信，而是一个喜兆，你接到应该为此而快乐，因为任何魔力明知是消灭不了我们，而自己的心正在发慌，又故意装出残酷的面子，干尽伤天害理的事。

我走了，以后再不会见我的笔迹，也许你为此而难过。

我们这一代就是施肥的一代，用自己的血灌溉快将实现的乐园，让后代享受人类应有一切幸福。这就是我们一代的任务，是光荣不过的事业，死就是为了这，而生者亦是生的努力方向。几多英雄勇士为此而流血，抛出自己的头颅，我不过是大海中的一滴水，平原的一株草，大海无干旱之日，烈火亦无烧尽野草之时。

我走了，太阳我带不走，你跟着它呀！永远地跟着它呀！

朋友，努力！天一亮，你就会看见太阳的微笑。

愿你

幸福愉快

卡留笔

旧历闰七月初三

党和国家领导人寄语

从现在起，你们就要争当勤奋学习、自觉劳动、勇于创造的小标兵。

——习近平

沉迷在创造王国里的少年——周林

周林就读于豫北名城安阳的人民大道小学。1997 年，他以"潜心发明、富于成果"当选为第五届"全国十佳少先队员"。

周林从小充满好奇心，总喜欢问为什么，尤其热爱发明创造。8 岁时他就搞起了小发明，至今已有三项国家专利：多功能健身器、多功能家庭用具和多功能书包。

周林出生在一个艺术世家。祖母是享誉全国的豫剧名旦，父母是优秀的戏剧演员。良好的家庭氛围和父母后天的培养，让他小小年纪就小有成就：8 岁完成了 9 本连环画的创作。这些连环画不仅故事生动，而且画面精美。

3 岁时的周林就喜欢上了拆卸、拼装玩具，并沉浸其中，乐此不疲。爸爸对他喜欢动手动脑的爱好非常支持，专门给他买了一些适合孩子用的组装玩具。

上学后，学校举行四驱车玩具组装大赛。比赛开始后，周林从容不迫，沉着冷静应战。不一会儿，他组装的四驱车就栩栩如生地展现在大家面前。从预赛、复赛到总决赛，周林一路过关斩将，勇夺冠军。自此，周林就成了大家心目中的"小机械师"。

爸爸妈妈工作忙，有时早晨上班来不及擦皮鞋，就胡乱用抹布擦一下。周林就此萌生了一个念头，要为爸爸妈妈发明一款自动擦鞋的工具。小周林专注而兴奋，他在书房试验了一遍又一遍，终于成功了。擦鞋的时候，首先把脚伸进鞋箱指定的位置，然后拉动绳子，擦鞋器就转动齿轮，从鞋油管里挤出鞋油，然后带动抹布左右摩擦，鞋子就变得锃亮了。

为了让孩子全面发展，周林的父母也很重视他的体育锻炼。周末，他们就带周林去体育馆或者公园打篮球、跑步，但是遇上阴雨天或者爸妈忙的时候，这些活动就受到阻碍了。健身房里的器材倒是功能齐全，可对小孩子来讲，简直是庞然大物。于

是，他想发明一款既适合自己又不受时间、地点限制，可以随时随地进行锻炼的体育用品。

一天晚上，妈妈给周林做了一条有松紧带的运动裤，随手把剩下的半卷松紧带扔在针线筐里。周林拿起来，扯出一段，一会儿用双手平拉，一会儿又踩在脚下，双手向上拉。感受到了松紧带左右上下的拉力后，周林想：如果这根松紧带具有足够大的拉力，不就是一件变化多样的拉力健身器吗？他为自己的这个想法激动不已。他马上从厨房拿出一双筷子，把松紧带系在筷子上当手柄，拉了几下，发现筷子太细，容易勒手，他又找出妈妈裁衣服的废布料，缠了几圈，这样就好多了。他一会儿平着拉，一会儿踩在脚下向上拉，松开后当跳绳，小周林兴奋极了，他高兴地演示给爸爸看。

爸爸看到后，提出了改进的建议："松紧带可以改成橡皮筋的，拉力更大。手柄也须改进，小孩子用起来要舒适和安全。"怎样改进呢？周林反复思考，他看到墙角爸爸锻炼用的握力器，试着把松紧带系到上面，拉了一下，感觉不错。他又想，可不可以既能自己玩，也能和大家一起玩呢？他琢磨了半天，终于有了解决的好方法——把接头处换成挂钩，这样既可以当拉力器，也可以一段一段接起来，集体跳大绳；如果松紧带坏了，可以只换松紧带，不用换手柄，又节省了一项开支。

在周林的不懈努力下，适合少年儿童的健身器材问世了！他发明的健身器被厂家定名为"金豹牌多功能健身器"，这款健身器一经问世，就受到广大中小学生的欢迎。

在别人眼里，周林是幸运儿，头上罩着层层光环——"全国十佳少先队员""全国少儿'启明星'奖获得者"，但周林却没有被成功蒙蔽双眼，依然忙碌在自己那间"小工作室"里，叮叮当当、拆拆装装，在奇妙无穷的科技世界里继续探索。

诵读英烈遗作，传承红色基因

徐 玮

生死寻常何足道

前人去后后人到，生死寻常何足道。

但愿此生有意义，那管死得迟和早。

生死何计迟与早，灰色马在门外叫。

出门横跨马归去，蹄声响处人已遥！

党和国家领导人寄语

青少年要敢于有梦。从《西游记》到凡尔纳科幻小说，飞船、潜艇今天不都有了吗？有梦想，还要脚踏实地，好好读书，才能梦想成真。

——习近平

用网络编织梦想的女孩——马思健

2001年10月12日上午，在北京人民大会堂河南厅，一个女孩接受了全国人大常委会副委员长铁木尔·达瓦买提爷爷的颁奖，这个优秀的女孩就是马思健。

有人说她是天才，说她过目不忘，说她一目十行。其实，只有她自己知道：她是一只笨鸟，只不过比别人早飞了一会儿。

当别人家的孩子还在家里赖床的时候，马思健早已迈开了双腿。她每天的生活都很有规律，早晨跑步、听英语、朗读古诗词；中午收看《新闻30分》和《今日说法》；晚上写完作业写日记，记录每天的点滴生活。周末的时光她也安排得丰富多彩，有时进行英语写作，有时学唱英文歌曲，有时画一幅油画，或者约上三五个好友，酣畅淋漓地打一场网球。

马思健在爸妈的鼓励帮助下，养成了良好的学习习惯。她有一个专门的纠错本，整理记录练习或者考试中出错的题目，时时回看，避免再次出错。她还从优秀的学长学姐们身上汲取丰富的经验，获取学习的动力。

马思健还自学电脑的操作知识，她想利用自己懂得的电脑知识为同学们做点事情。语文老师经常会在课堂上读些优秀作文，还有精彩的随笔，马思健就想，如果把这些文章做成刊物，既能留存同学们的写作成果，又能成为优秀的读物，岂不两全其美？

说做就做，她开始收集稿件，进行文字录入。晚上，她读着同学们的作品，时而捧腹大笑，时而掩卷沉思，乐此不疲，废寝忘食。文字录入完成后，她再开始进行编辑修改、设计封面、安排插图直到排版制作。琐碎繁重的工作耗费着她巨大的精力，她有了打退堂鼓的念头。妈妈就鼓励她："越是艰难的时候，越要坚持。"

第一期图文并茂的班级刊物出炉了，同学们争先恐后地阅读，老师也向她竖起了大拇指。在后来的几期刊物中，马思健还特意收录了几个后进生的投稿。这给了他们展示自己的空间，鼓舞了他们的信心。班内掀起了写作的热潮，整个年级甚至整个学校也都参与进来了。

作为新时代的学生，马思健不仅学习优秀，还有着强烈的时代责任感。

一天，马思健正在看自己喜欢的杂志，突然一则消息让她心中一惊："我叫李春梅，今年15岁了，可我却离开学校已经1年了，我渴望上学……"看到这条消息后，马思健的心久久不能平静。想到自己衣食无忧，有电脑，有手机，还有属于自己的一书架的图书，马思健对李春梅越发同情。她多想帮帮她啊，可是自己的力量杯水车薪。晚上躺在床上，辗转难眠，一扭头，马思健看到了书桌旁边的电脑，对啊，可以利用互联网的威力啊。

在爸爸的支持下，马思健在互联网上创办了一个网站，专门刊登那些失学青少年的信息。那段时间，马思健利用课余时间专心学习网页的制作技术。这比制作班级刊物难多了，但是一想到那些不能上学的孩子，她就咬咬牙，坚持了下来。

终于，马思健开发的网站与大家见面了。尽管页面很简单，内容也很单一，但它就像一道桥梁，连接着那些失学少年的美好未来。

网站正常运作后，越来越多的人加入了这场"爱心马拉松"，他们都有一个共同的心愿，那就是希望那些失学的孩子，早日回到美丽的校园学习文化知识，做一个对社会有用的人。

李 策

狱中寄语之九十七（节选）

狱中的岁月，

漫长的过去，

发霉的年华，

过惯了。

革命的花朵呵，

是需要任何情况下的坚贞来培育的。

我们吃惯了黄饭和苦菜，

我们不怕蚊蝇和蚤虱，

潮湿病，生了根，

肺结核，成朋友，

血色，没有了，

大家都这么消瘦，

但我们的骨头呵，

仍然是挺硬挺硬的。

党和国家领导人寄语

人世间的一切成就、一切幸福都源于劳动和创造。时代总是不断发展的，等你们长大了，生活将发生巨大变化，科技也会取得巨大进步，需要你们用新理念、新知识、新本领去适应和创造新生活，这样一个民族、人类进步才能生生不息。从现在起，你们就要争当勤奋学习、自觉劳动、勇于创造的小标兵。

——习近平

有鸿鹄之志的小女生——孙露希

任何时代都不能缺少榜样，榜样是一面镜子、一面旗帜、一种精神力量。从小立下鸿鹄之志的孙露希，2001 年 10 月荣获第七届"全国十佳少先队员"荣誉称号，成为少年儿童学习的好榜样。

孙露希 1988 年出生在一个书香世家。她最喜欢的礼物就是书籍了。夜晚的灯光下，手捧书本，与先哲圣贤、榜样人物对话，对于她来说就是最幸福的事情了。露希入学早，课堂上讲解的知识，她领会得稍微慢些。但是，她从不服输，别人学一遍，她就学三遍、五遍，靠着这种不达目的不罢休的精神，学期末，她做到了科科优秀。

上初中后，老师问同学们："你们的梦想是什么？"孙露希响亮地回答："我要做一名优秀的外交家，像吴仪那样，维护国家尊严，捍卫

领土主权。"老师既惊讶又赞许。露希接着说："'两耳不闻窗外事，一心只读圣贤书'的是书呆子，于个人无益，于国家无用。我要关注国家大事，做一个对人民、对国家有用的人。"孙露希的话音刚落，同学们便报以热烈的掌声。

孙露希小小年纪就敢于挑战老师的权威。她在读了《魏书生文选》《素质教育在美国》等书后认识到，真正的素质教育应该让学生想学习、爱学习、会学习。她找到校长，对老师和学校的一些教学方法提出了自己的看法。她说："我们的老师很敬业，一节课从头讲到尾，讲得是口干舌燥，同学们却昏昏欲睡，没有学习积极性，根本达不到预期的学习效果。我们能不能换换角色，尝试着让学生上台讲课呢？"李天鹏校长和老师们觉得这个想法很新奇，准备做一下尝试。没想到，初次让学生上台讲课的试验，就取得了良好的教学效果。后来，整个学校掀起了一股探索教学改革的新热潮。学生走上讲台当"老师"，成了学校里一道亮丽的风景线，同学们的成绩也是一路飙升。

由于学习紧张，孙露希发现很多同学上课时注意力不集中，有时还昏昏欲睡。孙露希了解了一下，有的同学说家庭作业多，晚上睡得晚；有的同学说，早上上课时间早，睡眠时间太少。为了同学们的身体健康，孙露希给本市分管教育的副市长写了一封信，她在信中说，同学们正是长身体的时候，应该确保充足的睡眠时间，这样大家才有精力学习。她的建议得到了重庆市教委的重视并予以采纳。

面对日益恶化的环境问题，孙露希意识到，保护生态环境刻不容缓。她组织同学们开展"保护身边的青山绿水"环保活动，大家也积极响应。后来她又陆续开展了"不往河里扔垃圾""杜绝白色污染""抵制一次性木筷"等环保活动，都取得了良好的效果。2001 年，她撰写的《生命之色长绿》一文，获得了重庆市永川区中小学生环保征文大赛的第一名。

北京"申奥"期间，全国人民万众一心，积极参与，爱国热情空前高涨。孙露希觉得，自己身为中华儿女，也应该贡献一份自己的力量。她在互联网上发表了《给萨马兰奇爷爷的一封公开信》，热情洋溢地告诉他：北京历史悠久、文化灿烂，中国人民顽强坚韧、真诚热情。北京有能力、有实力办成奥运史上最有特色的奥运会。2001 年 7 月 13 日，北京"申奥"成功，孙露希喜极而泣。

孙露希善良真诚，乐于助人。早在小学时，她就与重庆市永川区金龙镇小学学生万敏结成了"手拉手"对子。万敏父亲过早离世，母女四人相依为命。万敏为了减轻家里的负担，准备退学打工。孙露希知道后，含泪对父母说："万敏不应该向命运屈服，困难是暂时的，如果我们这时帮她一把，可能就会改变她一生的命运。"父母对她的决定全力支持。六年来，她积攒的压岁钱、零花钱以及稿费，陆续寄给万敏，让万敏用于交学费和购买学习用品。假期时她们一起学习、一起玩耍，开学后依然保持联系。在相互扶持与鼓励中，她们度过了一段艰难而又美好的时光。

因为品学兼优，孙露希年年被学校评为"三好学生"。她还在各种征文比赛、演讲比赛、科技制作比赛、学科知识竞赛以及学科奥林匹克竞赛中获奖。1999年，孙露希荣获重庆直辖市首届"十佳少先队员"称号，还被评为全国"手拉手"好少年。2001年她光荣当选为第七届"全国十佳少先队员"。

面对荣誉，孙露希头脑相当清醒，她表态说："我虽然获得了'全国十佳少先队员'的荣誉，但面对成功我仍然是一名普普通通的追求者。我愿意和同龄人一起进步，一起取得更优异的成绩。"

诵读英烈遗作，传承红色基因

石涧湘

我为人民谋解放，为马克思主义而甘心牺牲

——给妻子的遗书

关秀：

我和你结婚仅十四个月，比二三十年恩爱还要好。你年方十六，和我在这危艰条件之下，这样不畏挫折，我很敬爱你。我定死无疑，想你不会牺牲的。我俩同被关押一处而不能相见，未知在这野蛮的刑狱下，将你弄到什么情形？我如今一死而骨肉化成石，但到九泉之下还要作坚决的斗争。我为人民谋解放，为马克思主义而甘心牺牲。革

命尚未成功，还有伟大同志在，我希望你用百折不回的精神达到目的，使人民永远脱离封建和侵略。我死后，家当贫，希你得过且过，艰苦斗争度日。小女自立转眼成人，用心培养，可以当子。如若像汝，可以复仇。

关秀呀！我和你永别了！我死后，你在凄惨当中，勿哭勿痛悼我，过十八年再会。谢谢你吧！安埋的物件宜简单，用一匹白大布裹住我的血体就行。

祝你千秋！

夫兄石涧湘血笔

古历三月初二

党和国家领导人寄语

从小爱科学、学科学、用科学，培养动手能力，提高创新本领，将来努力成为国家科技事业的"希望之星"。

——胡锦涛

用科技丰满自己的羽翼——白雪霁

白雪霁出生在吉林省松原市，在充满爱的家庭氛围中，他积极乐观，并且善于动脑，勇于创造，是远近闻名的"小发明家"。

在松花江江水的滋养下，白雪霁拥有无尽的灵气，他不仅聪敏，做事还有一股不达目的不罢休的韧劲。一年级时的齐雪霁身材瘦小，在体育课的 60 米短跑测试中成绩没有合格。于是，他暗暗发誓，下次测试时不仅要合格，还要做到优秀。以后的每个早上，他坚持不让爸爸送，都是自己背着书包跑着去上学。即使下雨天，他依然穿着雨衣继续奔跑。风雨无阻的一个月后，他的体育成绩均获得了优秀。

他不仅体育成绩优秀，文化课也常得到老师的表扬。课堂上他认真听讲、积极发言，课下及时完成作业。同样的问题，别的同学想出一种答案就很满足，他却认为，问题的正确答案不止一个，他要寻找更多的方法和途径。平时遇到难题，他总是主动与老师和同学讨论，不轻易放过一个难点，直到得到满意的答案。

白雪霁由于表现出色，当选为了少先队干部。他严于律己，以身作则，是同学们学习的榜样。有个叫马聪的同学，患有先天性痴呆，在学习生活中有很多困难。白雪霁主动承担起了照顾他的任务，搀他上下楼梯，扶他上厕所，甚至放学也亲自送到学校门口。马聪的家长拉着他的手，不停地说感谢。

他还和班里的后进生刘飞结成"一对一"帮扶对象。其他同学在下课的时候会跑一跑、玩一玩，放松一下，他却利用课余时间给刘飞讲解不懂的问题。讲一遍刘飞听不懂，白雪霁就讲两遍、三遍，直到刘飞茅塞顿开。学期结束，刘飞成绩有了极大的提升，这在全年级引起了轰动。于是，全校都轰轰烈烈地开展起了"手拉手"帮扶活动，白雪霁开心极了！

后来，"一对一帮扶"已成为该校少先队员的一项传统活动。学校为鼓励孩子们争先创优，又举办了"雏鹰奖章"活动。一枝独秀不是春，百花齐放春满园。白雪霁不满足于仅是自己获得雏鹰奖章，他还发动组织全班同学积极参与进来。在同学们的共同努力下，他们班荣获了"雏鹰奖章先进集体"的荣誉称号。他还在班级成立雏鹰假日小队，带领同学们走进宁江区的大街小巷，开展诸如捡拾白色垃圾、向居民宣传环保等一些公益活动。

市电视台关注并报道了他们的先进事迹，一石激起千层浪，越来越多的人参与到他们的活动中。举止大方的白雪霁常常参加一些单位和部门的纪念活动，承担着献词的任务。他声情并茂的朗读，常常让参会者深受感染。

白雪霁还喜欢动脑，喜欢创造，经常研究设计一些小制作。科技活动小组的辅导员慧眼识珠，把白雪霁选入科技兴趣小组，从此，白雪霁如鱼得水。当他看到普通格尺打格时经常会把纸和尺弄上墨水时，他就想能不能发明一种新式的打格尺呢？

放学回家路上，白雪霁边走边思索，突然他看到路旁有台压路机正转动着大轮子压实路边的沥青。他立马有了灵感，把格尺设计成圆形会怎样呢？他迅速把想法付诸行动，备料、设计、制作，然后进行反复的试验、改进。终于，他的"自动圆形打格尺"制作成功了！

白雪霁的这项发明在全省少年科技发明比赛中获得了一等奖，并且获得了国家专利。热爱发明的他还荣获了第九届全国青少年发明创造比赛和科学讨论会三等奖，并应邀到香港接受了董建华夫妇亲自颁发的奖牌和证书。

白雪霁的发明创造热情越来越高涨，他先后发明了"两用餐具""擦空心体刷子""组合刷笔支架"等用具。他还善于观察生活中的种种现象，并利用科学知识去解释。平时的积累拓宽了他的视野，在1998年举行的全国小百科知识竞赛中，他荣获了三等奖。

1998年，白雪霁凭着自己出色的表现，当选为学校首届少年科学院院长，骄傲和自豪的同时，他也深知"任重而道远"。老师告诉他，新时代的学生，不仅要学习优秀，还要关注社会、关注民生。在老师的引领下，白雪霁带领校少年科学院的同学，先后开展了以"生物的多样性与我们的未来""洪水留给我们的思考""回归自然"等一系列的科学考察活动。他写的《多维网络种植实验报告》获吉林省第四届生物百项竞赛二等奖；他提出的第二松花江大堤护堤新方案得到了松原市宁江区政府的重视，并获得吉林省第五届科学与环境探索竞赛二等奖；《对丝瓜的考察及利用设想》获吉林省第十届科学讨论会一等奖。

对发明创造的热爱，让白雪霁收获了累累硕果。他先后被评为松原市宁江区"十佳少先队员"、松原市"跨世纪十佳少年"、吉林省"绿色环保标兵"，并被推荐为国家绿色环保科技之星。2001年，他又被评为"吉林省十佳少先队员""全国十佳少先队员"，并光荣地出席了在北京召开的表彰会。

诵读英烈遗作，传承红色基因

叶　挺

囚　歌

为人进出的门紧锁着，

为狗爬走的洞敞开着，

一个声音高叫着：

爬出来呵，

给尔自由！

我渴望着自由，

但也深知道人的躯体哪能由狗的洞子

爬出！

我只能期待着那一天，

地下的火冲腾，把这活棺材和我一齐烧掉，

我应该在烈火和热血中得到永生！

六面碰壁居士

卅一、十一、廿一

党和国家领导人寄语

要把党和政府、社会各界的关爱变成激励自己进步的动力，自强不息、刻苦学习，掌握更多的本领，长大以后更好地报效祖国、服务人民。

——胡锦涛

8岁的当家人——倪东艳

倪东艳是穷苦人家的孩子，她用亲身经历诠释了什么是穷人的孩子早当家。

在黔江区鹅池镇方家村的半山腰，有一间用木板搭成的小屋，歪歪斜斜地立着，要不是旁边的几根木头支撑着，恐怕早就倒塌了。这就是倪东艳的家。她家唯一的电器是一个15瓦的灯泡，但也因为交不起电费成了摆设。即使白天，屋里也是黑乎乎的。

倪东艳长到8岁时，才30多斤。蜡黄的小脸，稀疏枯黄的短发，不认识的还以为她不满6岁呢。

她的妈妈天生智障，而且还因患小儿麻痹症，下肢瘫痪，走路完全靠爬，只能扶着墙勉强站立。所以，倪东艳很小就学会了做家务。

她的爸爸是个老实巴交的农民，不识字，靠着几亩薄田勉强养活着一家三口。即使这样，倪东艳也很满足——有爸爸，有妈妈，就是一个

完整的家。

　　2005 年 12 月 7 日是倪东艳 8 岁的生日。早在一个月前，爸爸问她要什么生日礼物时，穿着单薄的她抹了一把鼻涕，歪着头想了一会儿说："就买半斤肥肉吧，我都好长时间没吃肉了。"

　　爸爸拍了拍她的肩膀许诺："好，一定给你买，让你美美地吃一顿。"

　　于是，东艳每天晚上就躺在被窝里掰着小指头算：一天、两天、三天……终于盼到了 12 月 7 日，可是爸爸躺在床上却没能起来。他看着女儿，拼尽全力只说了句"照顾好妈妈"，就停止了呼吸，走时眼睛还睁得大大的。东艳放声痛哭，可爸爸再也听不见她的呼喊了。在村委会和邻居们的帮助下，东艳含着眼泪把爸爸埋葬了……

　　爸爸走后，东艳拿着家里仅有的 600 元钱，去村委会偿还了安葬爸爸的费用。那是她刚领到的独生子女费。村委会原本没打算要，可东艳执意要还："我有手有脚，能照顾好妈妈和我，不能占村里的

便宜。"

还了债后，她和妈妈的日子就更加难熬了。有一次，她背着几十斤重的玉米，一个人走了8里山路去换钱，就为了买一包火柴。那袋玉米对体重只有30来斤的东艳来说，很重，很重，但她知道，家里以后就只能靠她了。

每天天还没亮，东艳就得起床做饭，然后把饭端到床前，叫妈妈起床，看着妈妈吃完后，她才往学校赶。中午一放学，她总是第一个冲出教室，因为她得赶回家给妈妈做午饭。下午放学后，她还是得急匆匆地往家赶。因为妈妈一个人在家，她不放心。

有一天，东艳回家晚了一些，她一推开门就看见妈妈在地上爬。她把书包往旁边一甩，赶紧去扶妈妈："妈妈，你快起来，去床上好好躺着，不要在地上爬了，前两天换下来的衣服我还没来得及洗呢。"她指着地上大盆里堆得冒了尖的脏衣服，边说边委屈地抹了一下眼睛，"我还要做饭、写作业……"

"饿！"女儿掉着泪，妈妈却指着自己的嘴巴，只说了一个字。

"对不起，妈妈，以后我尽量早点回来。"东艳抱着妈妈抽泣着。对她来说，照顾妈妈是最重要的事情。爸爸临终前的嘱托像一粒种子，已在她小小的心里生了根，发了芽。

要上学，要理家，还要照顾妈妈，她只能学着合理安排时间。家里没自来水，也没打井，每天放学回家，东艳得先到邻居家提水，再在火铺（土家族特有的一种烧火做饭烤火的场所）上生火做饭。倪东艳一边烧柴火做饭，一边借着火光做作业。家里没有小凳子，她就蹲着，膝盖就是她的书桌。

晚饭后，刷锅洗碗，收拾好一切，她会让妈妈坐在床上听她读课文，那是属于母女俩难得的休闲时光。看着妈妈安静的样子，她觉得自己的坚持是值得的。"爸爸，你放心，再苦再难我也会照顾好妈妈的。"她在心里默默发誓。

每到周末，她除了洗上一周母女俩换下的脏衣服，还得安排好她们下周的伙食。其实她和妈妈的伙食很简单，就是开水泡白干饭，只需要准备好一周吃的米就行。有时，好心的邻居会送点青菜过来，她和妈妈就能多吃半碗饭，跟过节一样开心。

他们家屋顶上挂有几小块腊肉，那是爸爸留给她们娘俩最值钱的东西。她平时不敢动，计划留着过年吃。可是却在春节前的一个晚上，被小偷偷走了。那一晚，倪东艳坐在床上无助地哭了整整一夜。

曾经有人了解到倪东艳的情况，打算收养她，她想也没想就回绝了："爸爸说了，要我照顾好妈妈，我不能丢下她一个人。"

后来，在政府的帮助下，倪东艳和她的妈妈搬到了乡里的福利院，生活有了很大改善。2006 年 3 月 16 日，《重庆晚报》报道了倪东艳的遭遇。她收到了全国各地很多好心人的捐款，甚至俄罗斯、日本的好心人也纷纷给她捐款、捐物。

捐款达到 6.4 万余元时，倪东艳写了一封信："叔叔阿姨，谢谢你们的关心。现在我和妈妈已经搬到了福利院，这儿是我们的新家，你们给我寄的钱我收到了，请不要再给我捐款了，已经够了。谢谢！"

一个月后，倪东艳接收到的各界爱心捐款将近 20 万元，"这些钱我用不完，我会用这些钱去帮助其他需要帮助的人们。"倪东艳说。2007年，倪东艳成了重庆第一个"福彩爱心使者"。

2007 年 9 月，9 岁的倪东艳因对妈妈的一片孝心，成为重庆市年纪最小的道德模范。同年，当选为第十二届"全国十佳少先队员"。

邓中夏

胜　利

哪有斩不除的荆棘？

哪有打不死的豺虎？

哪有推不翻的山岳？

你只须奋斗着，

猛勇地奋斗着；

持续着，

永远地持续着。

胜利就是你的了！

胜利就是你的了！

党和国家领导人寄语

党和国家希望全国少年儿童热爱祖国，热爱人民，热爱科学，热爱社会主义，从小做党和人民的好孩子，长大做社会主义事业的接班人。

——江泽民

草原上的格桑花——索南巴吉

索南巴吉是青海省玉树藏族自治州民族红旗小学的学生，在当地提起她的名字，没有人不知晓，这是因为平凡的她用自己的智慧和双手谱写了一曲爱藏护藏的赞歌。

在一次班会课上，班主任讲到了当地的环保问题："孩子们，咱们三江源地区面临的环境问题很严重啊！草场退化、沙化，水土流失等问题一年比一年严重，冰川退缩，湖泊、沼泽萎缩，草原鼠害猖獗，藏羚羊等珍稀动物在过去的一个时期内被大量猎杀，濒临灭绝。这些足以让生活在这片土地上的每一个人都痛心啊……"听班主任讲到这儿，索南巴吉心里就像塞了一把荆棘，难受极了。

索南巴吉在作文中写道："拯救地球就是保护人类自己；保护环境，就要从身边的小事做起。不爱惜花草树木、不珍惜野生动物的人将是21世纪不配享有生活和阳光的人。"

索南巴吉是这样写的，也是这样做的。他们学校坐落在三江源头的腹地，环保任务格外艰巨。索南巴吉是班干部，她主动号召同学们成立了一个环保小组，详细安排任务和实施计划。

每周五的下午第三节是劳技课，索南巴吉带领全班同学认真地把自己班的卫生区打扫一遍后，就到学校外面把周边人行道上的杂物和垃圾也清理了。

每个周末，索南巴吉都会带领环保小组的12名成员去结古镇各大超市门口，帮助超市服务员打扫门前的卫生。当发现有人乱扔果皮、纸屑，她就耐心细致地对他们进行环保教育。时间久了，经常来这里的人们都认识了这个可爱的小姑娘。渐渐地，在她的宣传带动下，当地群众的觉悟提高了，环保意识也增强了，大家开始用实际行动表达对她的支持，随地吐痰和乱扔果皮纸屑的现象也随之消失了。

在青藏高原生活过的人都知道，栽树容易活树难。缺乏浇水和护理的树，要存活下来就更难。索南巴吉班的义务植树区在214国道沿线、学校附近和扎曲河畔。有一天，她看到他们前几年辛辛苦苦栽下的树活下来的还不到一半，而活下来的这些树中，有的还被牛羊啃了皮，她心里非常难过。

通过查阅资料她了解到，树种好后得有人定期浇水、管理，成活率才高。她和班委一商量，决定在班里实行承包制：每人分管20棵树，以自己名字命名为XX1—20号。她还明确了护理任务：夏天，每周给小树浇一次水；冬天，从家里自带草绳和纤维袋，给每棵小树做防护衣；向周边群众做好宣传，防止牛羊乱啃；谁的小树死了，谁负责补种。这样一来，同学们的护理积极性就高起来了——那可是贴着他们名字的树啊，不精心护理怎么行？

四年来，他们的护理工作风雨无阻，从不间断。每年夏天，他们班承包的义务植树区都是枝繁叶茂，成了人们休闲纳凉的好去处。

索南巴吉的学校旁边是通天河最大的支流——扎曲河。三江源生态移民工程实施后，流动人口和外来人口日益向河边聚集，随着民房增多，河边垃圾泛滥，河道污染也越来越严重。有人做过统计，索南巴吉和她的环保小组先后出动 80 余次，累计清理河道 3 公里，他们不懈的努力感动了很多人，在三江源环境保护史上书写下了浓墨重彩的一笔。

索南巴吉不仅爱护环境，还热衷于保护野生动物。有一次，索南巴吉从电视上了解到一些不法分子为了牟取暴利，疯狂盗猎，致使藏羚羊的数目急剧减少，虽然国家就此下了禁令，但仍有部分亡命之徒，置国家、地方性法规于不顾。在过去的 10 年里，至少有 4 万只藏羚羊被猎杀。

从小就十分爱护动物的索南巴吉痛惜不已。藏羚羊是国家二级保护

动物，是青海的宝，是他们的骄傲，她怎能看着与自己为邻的珍稀动物被猎杀呢？

想到这儿，索南巴吉以全班同学的名义连夜起草了一份倡议书。第二天，结古镇区的各所小学都收到了《保护藏羚羊及珍奇野生动物的倡议书》。她组织环保小组的成员走上街头，发放宣传材料。此举引起政府有关部门的高度重视，一时间，全州各单位和中小学生积极响应，纷纷表示要以实际行动响应倡议书。众人拾柴火焰高，保护藏羚羊的理念很快便以燎原之势深入人心。

2005年11月，索南巴吉代表学校参加了州林业局、环保局、教育局举办的保护生态环境演讲比赛并荣获了一等奖。2005年11月18日，索南巴吉代表学校参加了首届玉树地区"绿色摇篮"中小学环境教育作品竞赛，并荣获小组三等奖。

得知北京奥组委要为2008年北京奥运会征集吉祥物，索南巴吉找到班主任，提议将藏羚羊申请为奥运会的吉祥物。她的提议得到了学校领导的重视，一层层向上传，最后传到青海省人民政府。青海省体育局先后两次代表青海省人民政府向北京奥组委递交将藏羚羊确定为2008年奥运会吉祥物的书面申请。

在藏羚羊"申吉"的日子里，索南巴吉每天都坐在电视机前看新闻。她日日等，夜夜盼，当听到藏羚羊"申吉"成功的那一刻，她站起来又跳又叫，眼泪哗哗地往下流。

索南巴吉因为出色的表现，多次得到学校和上级团队组织的表彰奖励。2006年10月，索南巴吉光荣地被评为"全国十佳少先队员"。

诵读英烈遗作，传承红色基因

蓝蒂裕

示 儿

你——耕荒，

我亲爱的孩子，

从荒沙中来，

到荒沙中去。

今夜，

我要与你永别了！

满街狼犬，

遍地荆棘，

给你什么遗嘱呢？

我的孩子！

今后，

愿你用变秋天为春天的精神，

把祖国的荒沙，

耕种成美丽的园林。

党和国家领导人寄语

少年儿童从小就要立志向、有梦想，爱学习、爱劳动、爱祖国，德智体美全面发展，长大后做对祖国建设有用的人才。

——习近平

抗震救灾小英雄——林浩

林浩是四川省汶川县映秀镇小学的一名二年级学生。因为父母一直在外打工，他从小和外公外婆生活在一起。

2008年5月12日，同学们正在教室专注地听讲。突然"咔咔"一阵巨响，房屋猛地摇晃起来，同学们手足无措，乱作一团。不知谁喊了一声："快跑！"于是大家纷纷往外跑。

林浩刚刚跑到走廊，就被两名摔倒的同学撞倒在地，其中一个正好压在他背上。接着，大楼一下子垮塌了，掉落的楼板拦住了逃生之路，几个女同学害怕地哭起来。

我是班长，如果其他同学都没有了，要我这个班长有什么用？林浩想到这儿，先让自己慢慢冷静下来。

"不要哭，我们一起唱歌吧。听到我们的歌声，大人就会来救我们了。"他镇定地安慰大家。

"小树小树，快快长高。去抱那春风去抱小鸟……"他们唱了一首又一首，在歌声的安抚与鼓舞下，同学们不再那么紧张害怕了。

林浩开始积极地想办法自救。他两臂用力，身子前倾，慢慢地用力爬，一米，又一米，终于爬出来了！好不容易逃出来的林浩并没有一走了之。想到被压在里面的同学，他掉头又爬了回去。

那个胳膊露在外面的男生是林浩的第一个施救对象。他扯住男生的胳膊用力往外拽，自己的手和腿都被水泥板蹭伤了。连拖带拽地将男生拉出废墟，他又返回去继续救其他同学。

然而他毕竟只是一个八九岁的孩子，体力有限，半路上摔倒在地，额头碰到地上的建筑碎块，火辣辣的疼痛让他的眼泪瞬间冒了出来。他挣扎着爬起来，再次拉起一个女生，踉踉跄跄地往外走。

救完同学后，因为没有找到家人，他非常难过。林浩盼着能早日与家人团聚，终于在映秀留守两天后，盼来了前来寻找他的姐姐和表妹。19日，他和姐姐、表妹被送到了四川省儿童活动中心。

活动中心的人知道他的事迹后，都亲切地叫他"小班长"，直夸他比大人还要勇敢坚强。而林浩也成为汶川大地震中年龄最小的救人英雄。在

2008 年北京奥运会的开幕式上，姚明和林浩引领中国代表队入场，林浩一点儿都不怯场，泰然接受全世界 40 亿观众的瞩目，那一份镇定，完全不输任何一个世界冠军。

2009 年 9 月 14 日，在北京人民大会堂，林浩作为全国"双百"人物中年龄最小的新中国成立感动中国人物代表，受到党和国家领导人的接见，并入选《环球时报》"影响世界的 20 位少年"。

2009 年，林浩还成立了当时唯一一个以未成年人的名义建立起来的公益基金会，帮助过不少在那场灾难中存活下来的人。

诵读英烈遗作，传承红色基因

龙大道

狱 中

身在牢房志更强，抛头碎骨气昂扬。
乌云总有一日散，共庆东方出太阳。

党和国家领导人寄语

要学会做人的准则，就要学习和传承中华民族传统美德，学习和弘扬社会主义新风尚，热爱生活，懂得感恩，与人为善，明礼诚信，争当学习和实践社会主义核心价值观的小模范。

——习近平

苦难中绽放的"小梅花"——杨梅

杨梅，1993年出生于四川省自贡市富顺县代寺镇，是一位留守女孩，但她坚强、乐观、自信、善良，曾荣获第十一届"全国十佳少先队员"的称号，成为全国少年儿童学习的典范。

为了挣钱养家，杨梅的父母和叔叔外出打工，不到一岁的小杨梅，还有叔叔家的弟弟，都由爷爷奶奶照顾。爷爷奶奶虽然对他们很是疼爱，但生活拮据，也只能勉强解决他们的温饱。

杨梅6岁那年，父亲因为一场意外去世了。对于这个本来就艰难的家庭来说，真是雪上加霜。为了生计，在外奔波的妈妈开始做点小生意。可是辛苦忙碌下来，根本赚不了什么钱，更不用说补贴家用。

杨梅是个坚强懂事的孩子。她总是把生活带给自己的苦难，默默咽下从不跟人诉苦。看到伙伴们在妈妈面前撒娇，她既羡慕又难受，却从来不跟家人说。只有她自己知道，深夜里，她有多么想念妈妈温暖的怀抱。有时候，妈妈打来电话，对没有时间照顾她表示抱歉，杨梅总是安慰妈妈："妈妈，你是为了让我过上好日子才出去打工的，我都知道。你不用担心我，我一定听爷爷奶奶的话，好好学习。"

杨梅9岁那年，妈妈再婚，杨梅终于有了一个完整的家。每天回家能看到妈妈，对她来说，就是最幸福的事情。可老天真是捉弄人，好日子才过了不到两年，继父便得了鼻咽癌。母亲带着继父在各大医院辗转奔波，杨梅天天祈祷继父快好起来。可花光了家里所有的积蓄，又背上了沉重的债务，继父还是离开了人世。

都说苦难是最好的老师，这用在杨梅身上再合适不过了。经历了这么多不幸，杨梅没有被打垮，她就像一根弹簧，你压得我越紧，我蹦得越高。杨梅清醒地明白，只有读书可以改变人的命运。她给自己立下志向，将来要考取世界上第一流的大学——哈佛大学。所以她珍惜来之不易的学习机会，课堂上专心听讲，课后认真完成作业，第二天的功课提前预习。家里活多，她就干完农活再写作业。"一分耕耘，一分收获"，

她的勤奋刻苦，换来了优异的学习成绩，并且年年获得校、镇、县的奖励，初一上学期就被评为"全国十佳少先队员"。

从小学二年级开始，杨梅就担任学生干部。在老师眼里，她是踏实能干的得力助手。五年级的时候，杨梅通过竞选成为学校大队部的大队长。为了让学生养成良好的习惯，学校会安排一些日常的检查和评比。这些活动，一般都由大队长来完成。对这些事情，杨梅都是尽职尽责，努力做到公平公正，很受大家的好评。为了活跃学习气氛，杨梅还常常帮着辅导员策划同学们喜欢的娱乐活动。杨梅不仅是学校广播站的播音员，还在学校的很多活动中担任主持人。她的主持风格活泼亲切，颇受老师和同学们的欢迎。

身处黑暗也会有阳光照拂，遭遇不幸也会有温暖。老师和同学们知道杨梅的遭遇，总是想方设法给她一些力所能及的帮助。小学时的班主任兰老师，除了每个月接济杨梅，每年在她生日的时候，还带着同学们提着蛋糕去给杨梅过生日。吃着香喷喷的蛋糕，依偎在老师身边，眼前是同学们温暖的笑脸，这一刻的杨梅觉得，身边有这么多温暖的人，自己是个幸运的孩子。杨梅被评为"全国十佳少先队员"后，心里压力很大。她时时刻刻小心谨慎，生怕给这个称号抹黑。校长知道杨梅的心思后特意找她谈心。校长亲切地对她说："杨梅，你一直都做得很好，完全称得上'十佳少年'。不要有压力，该学习时学习，该玩闹时玩闹，大家都知道你是个好孩子，别太拘束自己的天性。"

老师们的帮助，同学们的友爱，杨梅都记在心里。只要同学们有什么事情需要她，她总是高高兴兴地去帮忙，尽心尽力地回报关爱她的人。

杨梅在被评为"全国十佳少先队员"之后，又被评为四川省首批

"十佳留守学生自强之星"和"感动自贡"的十大人物之一，后来又被选为奥运会火炬手。

杨梅，就像冰天雪地中盛开的梅花，不畏严寒，不惧风雪，默默把清香撒向大地。"世界以痛吻我，我却报之以歌"。杨梅学会了笑对生活的苦难，因为她知道：冬天来了，春天还会远吗？

诵读英烈遗作，传承红色基因

林基路

囚 徒 歌

我噙泪低吟民族的史册，
一朝朝，一代代，
但见忧国伤时之士，
赍志含忿赴刑场。
血口獠牙的豺狼，
总是跋扈嚣张。

哦！民族，苦难的亲娘！
为你那五千年的高龄，
已屈死了无数的英烈。
为你那亿万年的伟业，
还要捐弃多少忠良！
铜墙，困死了报国的壮志，

黑暗，吞噬着有为的躯体，

镣链，锁折了自由的双翅，

这森严的铁门，囚禁着多少国士！

豆萁相煎，便宜了民族的仇敌。

无穷的罪恶，终要叫种恶果者自食，

难闻的血腥，用噬血者的血去洗。

囚徒，新的囚徒，坚定信念，贞守立场！

砍头枪毙，告老还乡；

严刑拷打，便饭家常。

囚徒，新的囚徒，坚定信念，贞守立场！

掷我们的头颅，奠筑自由的金字塔，

洒我们的鲜血，染成红旗，万载飘扬！

党和国家领导人寄语

少年儿童是国家的小主人，长大以后要承担建设祖国的重任。希望你们从小树立远大志向，学好文化知识，培养高尚品德，锻炼强健体魄，在祖国阳光哺育下快乐生活、健康成长。

——胡锦涛

奥运小使者——安怡霏

北京有一个红领巾奥运博物馆，它的第一任馆长竟然是一个小学生——北京市东城区府学胡同小学的安怡霏。2006 年 9 月，在"我的奥运天地"红领巾奥运博物馆启动仪式上，安怡霏出色地完成了主持任务。她口齿伶俐，反应敏捷，向外宾讲解博物馆的展品知识，不卑不亢，条理清晰，被大家亲切地称为"奥运小使者"。

安怡霏积极向上，三年级时就在大队委竞选活动中脱颖而出。迎奥运期间，她产生了一种强烈的民族自豪感，想让更多的外宾了解中国悠久的历史，感受中国优秀的传统文化。她每天泡在图书馆，查阅书籍，整理资料，了解展品。她要做一个优秀的奥运小使者，无愧于"红领巾奥运博物馆第一任馆长"的称谓。

安怡霏每天精神饱满，不辞劳苦地讲解博物馆的展品。她对展品了如指掌，讲解起来生动有趣，引人入胜，迎来无数来宾赞赏的目光。

对将近200件展品进行仔细的检查、整理，是安怡霏每天的必修课。有一次，她在检查整理展品时，发现一件用几百个小三角形插起来的五环标志散了，顿时惊出一身冷汗：参观的时间快到了，这可怎么办？

她马上召集同学，准备一起协作完成。她弯下腰，聚精会神地观察展品的制作特点，哪只角向上，哪只角向下，哪个在左，哪个在右。她拼插，同学们递插件。她插一个，同学递一个，像极了手术台上全神贯注做手术的医生。十分钟过去了，半小时过去了……终于拼插完成，参观得以顺利进行。尽管肚子饿得咕咕叫，但是他们却很开心。作为红领巾奥运博物馆的第一任馆长，安怡霏不仅自己做讲解员，还鼓励其他同学轮流参加培训，共同分享奥运带来的快乐。

2007年，红领巾奥运博物馆吸引了智利的驻华大使，他们热爱中国文化，渴望了解中国文化。安怡霏负责了这次光荣的接待任务，她知道各国之间有文化差异，所以决定用英语讲解福娃的知识，这样易于理解和接受。

为了顺利完成任务，她顾不上吃饭睡觉，坚持在网上查找福娃的英文资料。为了督促自己，她还在课前5分钟，面对老师和同学练习福娃的英语解说，让他们及时指出自己的不足。参观那天，她流利的英语讲解征服了在场的所有外国友人。他们竖着大拇指，用生硬的普通话说："中国小孩，了不起！"

北京申办奥运会成功，给安怡霏创造了更多参与奥运活动的机会。她最难忘的是学校开展的"走进北京奥运会——零的突破，新的起点"活动。安怡霏在活动中，有幸遇到了许海峰叔叔。许海峰是1984年奥运会中国首枚金牌得主，打破了中国奥运史上金牌零的纪录。安怡霏和许叔叔交流时，眼神里满是由衷的敬佩。她亲手为许叔叔戴上红领巾，行了个标准的少先队队礼。

回校后，她把《零的突破》讲给全校师生听。为了重现当年许叔叔夺冠的场面，她认真查找资料，不放过任何一个细节。"许叔叔调整站姿，瞄准靶心，自信从容地扣动了扳机……"当讲到"砰！砰！砰"三发子弹从枪口呼啸而出时，她哽咽了，眼泪夺眶而出，一种民族自豪感油然而生。

班级举行"绿色奥运，从我做起"主题班会，安怡霏和中队干部向同学们发出倡议：绿色出行，少开一次车，多走一步路；节约用水，用洗衣洗菜的水冲洗拖布；不使用一次性筷子。为了能在奥运会上展示当代少先队员的风采，她参加了"千人抖空竹吉尼斯纪录"活动。她刻苦训练，对空竹技艺从一无所知到炉火纯青。学校还组织轮滑舞龙队，她凭着自己的努力成为主力队员，和同学们一起训练，节假日也从不间断。

频繁的课外活动，并没有影响安怡霏的学习。她从小就养成了良好的学习习惯，专心听讲、积极发言，每次考试都名列前茅。她不仅自己学习优秀，还帮助其他同学解决疑难问题。有位同学身体不好，经常因为请病假耽误上课，她就主动帮这位同学补课。她调侃说："同样的知

识，我学了两遍，基础更扎实了。"有一次，安怡霏发现几个同学的关系有些紧张，她便组织队员排练了《字典公公家里的争吵》。同学们生动地表演了各种标点的唯我独尊，最终也体会到了安怡霏的良苦用心。独木难成林，单丝不成线，只有团结才能共同进步。

安怡霏喜欢读书，喜欢朗诵，对句子的情感把握非常到位，多次在"孙敬修杯"故事大赛中获奖。因为善于朗诵，她为香港录制了《用普通话教中文》等教材。安怡霏还有幸参加了纪念文天祥诞生770周年系列活动，并与著名主持人春妮一起主持吟诵会。吟诵会前夕，妈妈和她做了大量的工作，查阅文天祥的资料，了解时代背景，对朗诵的串词、重音、停顿都做了细致的准备。吟诵会结束，大家都对安怡霏的优秀表现竖起了大拇指。

2008年，安怡霏被评为第十三届"全国十佳少先队员"，这给了她莫大的信心和鼓励。她说："我一定会努力学习文化知识，争取做一名优秀的共产主义事业接班人！"

诵读英烈遗作，传承红色基因

赵铎心

革命者的我们应该把眼光放远了看

——给妻子的信

瑞君：

后天就是中秋节了。

中秋节是个团圆的日子，可是我们为了人民大众的解放事业离开已半年了。

我们在工作中、斗争中，我们都进步了，我们的革命事业也一天天地接近胜利，我们感谢我们共产党给予我的关切和培养，毛泽东同志英明的领导。

家庭是要的，但是做一个革命者的我们应该把眼光放远了看，弄好一个小家庭，幸福只有少数几个人享受。我们中华民国也是一个家庭，这个家庭是伟大的，他包括了四万万多人和广大的土地；可是这个家受尽了压迫和剥削，大多数人民在不幸痛苦中过日子，我们得把这个大家弄好，使得人人有工做，人人有饭吃，有衣穿，大家幸福快活。革命者应该把我们的爱给全人类，那些无衣无食的穷人。

中秋的晚上，月亮一定很圆，我俩趁此作一反省，检查我们的工作是否积极，对得起人民和党。

没新的东西送你，在这□□□□□就作为中秋节的礼物，拿这小小东西作为求进步的工具吧！

铎　中秋前二天

注：此信原件中有缺损，缺损字用"□"代替。

第四编

爱党少年强中国

少年强、青年强则中国强。少年强、青年强是多方面的，既包括思想品德、学习成绩、创新能力、动手能力，也包括身体健康、体魄强壮、体育精神。

——习近平

党和国家领导人寄语

希望你们向爷爷奶奶学习，热爱党、热爱祖国、热爱人民，努力成长为有知识、有品德、有作为的新一代建设者，准备着为实现中华民族伟大复兴的中国梦贡献力量。

——习近平

见义勇为"好巴郎"——麦热达尼·如孜

麦热达尼·如孜是维吾尔族人，有一双栗色的漂亮眼睛，是一个善良、可爱的小伙子。

从麦热达尼·如孜家出门不足半公里，有一条库山河。小时候，他经常和小伙伴们到那里游泳。七八岁时，他的水性已在同龄人中首屈一指。14 岁时，他还成功地救过一名 35 岁的落水者。

2012 年，17 岁的麦热达尼·如孜已经是荆州职业技术学院中专部的学生。11 月 10 日正好是周末，舍友们知道他经常到江边玩耍，就让他带领大家到长江宝塔湾段游玩。

提起长江，麦热达尼·如孜倍感亲切，同时还有一种别样的情愫在里面。他清楚地记得第一次来时，他还问起过"长江人链精神"纪念碑的事情。

那天，同行的一共 8 人。风很大，深秋的天气透着丝丝寒意，但阻挡不了大家游玩的热情。同学们对着江水吟诵"大江东去，浪淘尽，千古风流人物""看万山红遍，层林尽染"……一路欢声笑语。

休息时，同学们隐隐听到有啜泣声传来。他们看向江边，只见一名中年女子蹲在江边，头埋在膝盖上，仿佛受了很大的委屈。大家正犹豫着要不要过去询问时，女子突然将手机狠狠地往地上一摔，脱下外套，纵身跳入江里。

江水湍急，女子立刻就被江水卷出了四五米。麦热达尼朝女子落水处飞奔过去，他一边跑一边跳着脱掉鞋子。赶到江边时，他连衣服都没来得及脱，就毫不犹豫地跳了下去。他拼命地朝对方游去，很快就靠近了落水女子。

女子意识模糊，麦热达尼快速将她扳成仰面朝天的姿势，用左手伸过她的左臂腋窝，抓住她的右臂。牢牢套住后，以仰泳姿势往江边游去。麦热达尼一边游一边暗自庆幸，还好3年前他有过一次类似的救人经历，所以救起人来才不会慌乱。

快游到岸边时，一位路人也跳入水中，与麦热达尼合力将落水女子拖上岸，抬到堤坡的一处平台上。

一阵冷风吹来，湿透的衣服贴在身上，冷得麦热达尼牙齿直打战。他无暇自顾，赶紧把衣服脱下来拧干水，迅速盖在落水女子身上。120急救车疾驰而来，医护人员将落水女子迅速送去就医，他也没把外套拿回来。

一件衣服对别人来说，算不得什么。但对他来说可不一

样。几年前，父亲不幸离世，留下母亲和他们兄妹三人艰难度日。为了生计，妈妈狠狠心把弟弟寄养在舅舅家，带着 5 岁的妹妹去乌鲁木齐打工，每个月辛辛苦苦工作，却只有 1500 块钱的工资，要负担他们全家的所有开销。因此，麦热达尼非常节俭，但他很满足："我能看到长江，能读自己喜欢的专业，这已经比很多南疆的孩子幸运多了。"

当同学们问起他救人时有没有考虑自己的安危，他腼腆一笑："只想让她活着！我一直记得'长江人链'那个救人的故事。3 年前，3 个大学生为了救落水的孩子牺牲了，就是我跳下去的那个位置。而我很幸运，救了人，还好好地活着。"

"我相信，长江边有着这样的故事，我不是第一个，也不是最后一个。"听到麦热达尼·如孜这样说，伙伴们纷纷竖起大拇指，夸赞他是见义勇为的"好巴郎"，是他们学习的好榜样。

诵读英烈遗作，传承红色基因

王孝锡

给父母亲的遗书

纵有垂天翼，难脱今夜险。问苍天！何不行方便？驭飞云，驾慧船，搬我直到日月边。取来烈火千万炬，这黑暗世界，化作尘烟。出铁笼，看满腔热血，洒遍地北天南。

一夕风波路三千，把家园骨肉齐抛闪。自古英雄多患难，岂徒我今然！望爹娘，休把儿挂念，养玉体，度残年，尚有一兄三弟，足供欢颜。儿去也，莫牵连！

党和国家领导人寄语

向先进看齐，树立革命理想，培养高尚道德，学习文化科学知识。

——江泽民

校园里飞出的"小信鸽"——林奕轩

2006 年 1 月，林奕轩出生在福建省长泰县山重村，后来就读于漳州市长泰县山重小学。从小学二年级起，林奕轩就义务给村民送信、送报。几年来，累计为村民送信、送报千余件，行程 1200 多公里。

山重村被群山包围，交通闭塞，村民居住分散。为了保证邮件投递不中断，1987 年 10 月，山重小学成立了"红领巾"送报站，从学生中选拔责任心强的孩子担任义务邮递员。邮递员把从外面寄来的信件送到山重小学，由校园里的"小信鸽"把信件送往村里的各家各户。31 年来，这群"红领巾小信鸽"累计为村民投送报刊、信件近 18 万件。

一年级时，看到高年级的姐姐放学后到收发室领取报刊、信件，林奕轩就跟上去问："姐姐，我帮你，好不？"

"奕轩，这可不行。当初加入的时候我就承诺过，一定要亲手送到接收人手里。你要是想加入，等到四年级才行！"

看来，距离做送报员的时间还早呢！可只要放学后不着急回家，林奕轩就会跟着高年级的姐姐去送报、送信，熟悉附近大人的姓名和住址。

到了二年级，林奕轩一开学就积极主动向负责学校"红领巾"送报站的老师提出要当送报站队员的要求。负责"红领巾"送报站的老师和队员们早就熟悉了林奕轩。经过一段时间的了解、考察，林奕轩被破格吸收进送报站，成为了一名光荣的"小信鸽"，负责山重村5组报刊、信件的发送。

林奕轩牢记"红领巾"送报站的宗旨和服务公约，努力做到"一个保证、两个不准、三个满意"。在送报站队员中，她年纪最小，却比年龄大的同学还负责。每天放学后，她总是早早跑进收发室，认真核查自己负责的报刊、信件。

有一天放学时下着雨，老师怕弄湿了报刊、信件，让大家第二天再分送。林奕轩笑嘻嘻地说："老师，湿不了的！"老师正疑惑呢，她从书包里拿出了早准备好的塑料袋，说："我放这里面！"老师称赞她说："小奕轩，虽然你最小，可想得最周到！"

有时候遇到收信人不识字，林奕轩就会帮忙读信。一遍不够，再读一遍，直到收信人听明白为止。有个常常请她读信的奶奶，见了人就夸她比亲孙女还亲。

林奕轩的举动,赢得了村民、老师和送报站队员们的一致好评。2016 年 9 月,送报站选举新站长,全站 26 名送报员全票推选林奕轩,她成为山重小学"红领巾"送报站第 29 任站长。

当上站长之后,林奕轩更加负责。有时候邮递员来得早,她就放弃下午大课间的玩耍时间,提前将报刊、信件分成 13 类,方便队员们放学后领取分发。

虽然林奕轩是站长,可她从来没有搞过特殊,凡事都亲力亲为,对送报站队员也非常体谅。有一次,负责 1 组的队员因发高烧请假了,尽管 1 组离林奕轩的家很远,她照样接过了队友的任务。那几天她每天回家都很晚,妈妈非常担心,总是跑很远的路去接她。

林奕轩始终认为,给村民送信,是件很光荣的事情,也是很高尚的事情。老师和村民们说起她,都夸赞她是"最美的小信鸽"!

诵读英烈遗作,传承红色基因

吕惠生

留取丹心照汗青

忍看山河碎?愿将赤血流!

烟尘开敌后,扰攘展民猷。

八载坚心志,忠贞为国酬。

且喜天破晓,竟死我何求!

党和国家领导人寄语

想象力、创造力从哪里来？要从刻苦的学习中来。知识越学越多，知识越多越好，你们要像海绵吸水一样学习知识。既勤学书本知识，又多学课外知识，还要勤于思考，多想想，多问问，这样就能培养自己的创造精神。

——习近平

轮椅上的"小霍金"——陈籽蓬

陈籽蓬是江苏省无锡市侨谊实验中学的一名学生。6岁那年，陈籽蓬走路经常摔倒。到医院检查后，医生说他得了杜氏肌肉营养不良症，这种病至今没有有效的治疗手段。

对家人来说这如同晴天霹雳，可陈籽蓬却依然兴致勃勃地沉浸在自己的世界里。只要有时间，他就喜欢去科技馆和博物馆参观。

小学四年级时，小籽蓬的病更厉害了。他已经无法正常走路，常常需要扶着墙壁才能走得稳当，肌无力蔓延到手臂。看到小籽蓬每天蹒跚上学那么辛苦，妈妈想让他休学在家。小籽蓬不同意，他觉得上学是有意思的事情。因为行动实在不便，家人给小籽蓬买了轮椅。坐轮椅的第一天，妈妈便早早来到学校门口接小籽蓬。看着妈妈担心的样子，小籽蓬安慰妈妈："坐着轮椅再也不担心会摔倒了。"

老师们都说，陈籽蓬是班里听课最认真的学生。虽然饱受病痛折磨，他的学习成绩却一直保持在班级前 5 名。籽蓬双臂无力，写字比别的同学慢很多，所以很多知识会来不及记录。下课的时候，有要好的同学要帮他，他却笑着点一点自己的脑门儿，说自己把老师讲的内容都记住了。

初二的物理课，陈籽蓬格外喜欢。物理老师也喜欢陈籽蓬，认为他有学习物理的天赋。病情的加重，没有阻挡住陈籽蓬对科技的迷恋。无锡举办的科技展，他没有落下一次。他常常说："每一次去都有不一样的理解。"

陈籽蓬住在老式平房里，夜里时不时有老鼠出没。妈妈用捕鼠夹捉老鼠，好多天都捉不到一只。2017 年 3 月的一天，陈籽蓬说："妈妈，我想发明个智能捕鼠器，老鼠就再也不敢来捣乱了！"妈妈说："好啊籽蓬，妈妈等着你的发明！"

说起来容易，做起来难。为了编好程序，陈籽蓬常常忙碌到深夜 11 点多。妈妈很心疼他，看他做得那么投入，又不忍心阻止，只好默默陪着他到深夜。每次妈妈提醒他休息，他总说："妈妈，

做自己喜欢的事情，只觉得幸福，一
点也不觉得累啊！"

最终，陈籽蓬的"红外捕鼠器"
一路过关斩将，在第15届全国中小学
信息技术创新与实践活动决赛中夺得
一等奖。

陈籽蓬的病情越来越重，妈妈终于说服他在家休息半年。可即便这
样，他还是参加了2017年9月1日的开学典礼。

陈籽蓬性格和善，也爱帮助同学解疑答惑。他请假在家的日子，同
学们自愿成立了爱心支援小分队，轮流到家里看望他。他也舍不得最喜
欢的物理，每天都认真观看物理老师发来的微课。

2017年9月，陈籽蓬主创的作品"流浪宠物智能投喂器"在世界
物联网博览会青少年物联网创新创客大赛上获一等奖。"流浪宠物智能
投喂器"为流浪宠物提供干净、安全的食物的同时，也能保持环境的卫
生，而且这一发明通过物联创新系统，将投喂器和手机相连，可实时感
知投喂器的各项参数变化情况。投喂器上还标注了二维码，爱心人士可
以通过扫描二维码下载物联创新软件来了解投喂器的工作状态，从而能
及时添加宠物口粮。

颁奖台上，陈籽蓬坐在轮椅上，因为上肢无力，他甚至不能亲自捧
起获奖证书。主持人看着这个安静的男孩子，动情地说："我想，在追
逐梦想的路上，他（陈籽蓬）比很多人都更加高大。"

在陈籽蓬的带动下，越来越多的同学喜欢上了科学，痴迷搞发明创
造，学校"IOT达人工坊"社团也由原来的二三十人迅速增加到七八十
人。一些残障少年受到陈籽蓬的鼓舞，纷纷走出家门参与活动，还有些

人跟他一起参加了马拉松迷你赛。

陈籽蓬的事迹感动了很多人，他被评为"新时代好少年""全国最美中学生标兵""感动中国·无锡十大人物"。学校的老师们都说："这就是我们的'小霍金'！"

诵读英烈遗作，传承红色基因

陈　然

我的"自白"书

任脚下响着沉重的铁镣，
任你把皮鞭举得高高，
我不需要什么自白，
哪怕胸口对着带血的刺刀！

人，不能低下高贵的头，
只有怕死鬼才乞求"自由"；
毒刑拷打算得了什么？
死亡也无法叫我开口！

对着死亡我放声大笑，
魔鬼的宫殿在笑声中动摇；
这就是我——一个共产党员的自白，
高唱凯歌埋葬蒋家王朝。

党和国家领导人寄语

生活靠劳动创造，人生也靠劳动创造。你们从小就要树立劳动光荣的观念，自己的事自己做，他人的事帮着做，公益的事争着做，通过劳动播种希望、收获果实，也通过劳动磨炼意志、锻炼自己。

——习近平

播种爱和希望的少年——李东蔓

北京市第十五中学的学生李东蔓，从 7 岁开始从事公益活动。多年来，她始终坚守在志愿服务第一线，带领志愿者们为世界播下爱和希望的种子。17 岁那年，她又做了一件大事：组建"SOWER（播种者）国际志愿服务联盟"，带着 700 多名队员帮助非洲儿童。

2008 年，李东蔓上小学一年级。汶川地震发生后，学校组织大家捐款捐物，帮助灾区。妈妈问李东蔓捐多少，小东蔓说捐 5 块钱就行。妈妈提醒她有些少，李东蔓最后捐了 6 块钱。

这个晚上，妈妈久久难以入睡。她觉得女儿从小生活在这么多人的关爱里，却不懂得献出爱心，她决定带小东蔓参加公益活动。

周末，妈妈带李东蔓给社区一个家庭困难的女孩捐赠图书。之后，李东蔓有空就跟着妈妈做公益：去博物馆做义务讲解员，给偏远地区的留守儿童捐款捐物，为外来务工人员的孩子补课，去社区宣传环保理念。李东蔓慢慢理解了公益的价值。她在一篇日记中写道："帮助别人原来这么快乐！"

升入初中后，李东蔓做公益的热情更高了，能力也更强了，大家推举她做学校志愿工作的负责人。她和本班的同学成立了"正能量3班服务队"，去中国盲文图书馆做志愿者，获得了"优秀志愿服务团队"奖。

同学们读过的书没处放就得卖掉，偏远地区很多同龄人却无书可读。于是，李东蔓在学校发起了捐书活动，把大家不再读的课外书集中整理后捐给偏远地区的同龄人。贵州、新疆、青海和西藏，都曾是她和同学们重点捐助的地方。

寒暑假里，李东蔓有更多的时间做公益。她去青海、安徽、河南、河北看望孤寡老人和留守儿童，为他们送去图书、衣物和捐助款。从小学到高中，她捐书1000多册，捐款10000多元，成为校园里的公益小明星。

2015年，李东蔓参加了"爱加艾减"国际公益项目。这是一个为非洲怀孕的艾滋病妈妈们提供救助的国际公益项目。李东蔓倡导全校的师生参加义卖捐款，帮助地球另一端的病人们。因为李东蔓的这一倡议和提供的捐助，她本人和学校都获得了联合国艾滋病规划署颁发的荣誉证书。

2017年，李东蔓组建了"SOWER（播种者）国际志愿服务联盟"。李东蔓说，团队之所以取名"SOWER"，就是为了播撒爱和希望的种子。团队成立时只有5个人，可不久增加到了700多人。他们通过义演义卖等多种方式筹集善款，捐助了3个ARKTEK（被动式疫苗存储箱），运送到津巴布韦，帮助那里一个1.8万人的社区中的儿童在10年内安全接种疫苗。

从7岁开始，李东蔓一直在做公益。她说："我要感染和带领中国的青少年践行志愿服务精神，将爱和希望播撒得更多、更远。"

诵读英烈遗作，传承红色基因

王 奔

给党和战友的信

我亲爱的党，我亲爱的战友，就要永别了，为了革命事业，为了人类解放，为了劳苦大众的幸福，请你们不要为我难过。因为这是革命，革命就得这样。请你们把解放的红旗插遍全中国，让人民永远幸福、安康！

明天是我们伟大的党成立二十五周年的日子，请你们代我在节日里高呼中国共产党万岁！祝你们胜利前进！

中国共产党党员 王 奔

一九四六年六月三十日夜

党和国家领导人寄语

心中常思百姓疾苦，脑中常谋富民之策。

——习近平

有着大大科技梦的"小院士"
——周洲

在13岁的周洲脑海里，永远装着无数个为什么：衣服上那么脏的油渍，怎么才能洗干净？怎样管理小麦，才能获得高产？不管遇到什么事情，他总是会比别人多问一个"为什么"。

有一天，爸爸准备洗车，周洲也去帮忙。他从后备厢拿出折叠水桶，帮爸爸提了一桶清水。一时没注意，水桶歪了，水流出了一半。怎么让水桶盛上水后一直"立"着呢？周洲尝试了很多办法都没成功。一次，他在学校帮忙测量树高，发现卷尺有韧性，可以折叠。回家后，他马上给折叠水桶换上钢条。哈，水桶不倒了！

又有一回，周洲看到奶奶正在自怨自艾，原来奶奶年纪大了，看不清衣服上的污渍，只好一遍一遍地重新洗。周洲经过几天冥思苦想，终于想出了一个好办法：在洗衣喷壶上安装放大镜。洗衣服时，通过放大镜就能清晰地看到衣服上的污渍。喷壶一喷，刷子一刷，污渍就没有了。看着洗得干干净净的衣服，奶奶捧着周洲的脸蛋说："小洲，你可替奶奶解决了大问题！"

这个易发现油渍污垢节约清洁液的清洗器在江苏省青少年科创大赛上获得了一等奖。从此以后，周洲发明的热情更高了，后来他又有10多件作品在省市区的比赛中获奖。周洲能有这么多小发明，也得益于他参加了学校少年科学院的研究活动。

2017年秋天，周洲无意中了解到黑小麦有很多优点。这样优质的小麦，能不能在本地种植呢？周洲和5名同学通过查阅各种资料，制订了种植计划和方案。他请老师帮忙买了1000克黑小麦种子，每个土窝内种植2粒到30粒不等，参与实验的同学每人负责一垄，周洲挑了每窝30粒的一垄。周洲和同学们给小麦松土、施肥、浇灌、除草，尽心尽力地照顾这片黑小麦。

周洲做事严谨认真，科学求实。他打印了365张观察记录表，每天晚上雷打不动地写观察记录，详细记录了黑小麦的长势和病虫害等情况。小伙伴开玩笑说："周洲，你说咱们像不像新闻里说的新型农民啊！"周洲说："我希望像袁隆平爷爷一样厉害，让一亩地能种出两亩地的庄稼！"

黑小麦终于成熟了。周洲和5名同学自己割麦子、脱壳、称重，终于从实验中找到最适合的种植方法。他们在老师的指导下，不仅将成果带到中国少年科学院的课题答辩会，还斩获了中国少年科学院小课题研究一等奖。周洲也被授予"中国少年科学院小院士"称号。

进入初中二年级后，周洲担任物理课代表。每次上课前，他都提前到办公室向物理老师询问下节课的内容以及需要准备的实验器材。周洲不仅善于思考，还格外认真专注，一点儿也不受别人的影响。尤其在上物理课做实验时，有的同学遭遇失败就会泄气，可周洲即便失败了，也会冷静地查找原因，总结教训，重新开始，直到取得成功。同学们都很佩服他，说他将来一定能当物理学家。

周洲不仅学习努力，课余生活也很丰富。上小学时，他常常利用课间时间，和小伙伴们去校园的小池塘做研究。他们俨然一群严谨的小研究员，长期跟踪观察鱼类的生长情况，并认真做好记录。

也许有人奇怪，种小麦、养鱼都是农民的活动，在城市长大的周洲怎么会有这兴趣呢？原来，铜山小学就在郊区，位置靠近农村，学生们常常接触农事，学校也希望学生们从小关注农村。周洲没有辜负老师们的指导和教育，他虽年纪小，但已经懂得了"科技服务农村"的道理，不仅培育了黑小麦，还帮助附近的农民认识到秸秆还田的好处，帮助他们实现了粮食增产。

周洲的房间不大，只能放下一张书桌和一张床。在床头的显眼处，周洲贴了一张世界地图。他用红笔把中国版图圈出来，写上大大的"CHINA"。地图旁边，是他写的"为中华之崛起而读书"。他说："我喜欢这句话！我要用我的发明去帮助更多的人，因为别人快乐，我也很开心。"这就是中国少年科学院小院士——周洲的科技梦。

诵读英烈遗作，传承红色基因

赵博生

革命精神歌

先锋！先锋！

热血沸腾。

先烈为平等牺牲，

作人类解放救星。

侧耳远听，

宇宙充满饥饿声，

警醒先锋，

个人自由全牺牲。

我死国生，

我死犹荣，

身虽死精神长生，

成功成仁，

实现大同。

党和国家领导人寄语

希望你们怀着一颗感恩的心，珍惜时光，努力学习，将来做对国家、对人民、对社会有用的人。

——习近平

"增肥救父"的孝心少年——路子宽

2008年11月出生的路子宽，是河南省新乡市百泉镇西井峪小学六年级的学生。他成绩优秀，对同学热心，是大家心中的"小老师"。

路子宽最崇拜的人就是他的爸爸。因为爸爸会骑摩托车，会修各种各样的东西，是他眼中的大能人。可是，2013年爸爸被查出患骨髓增生异常综合征（白血病前期）。生病后，爸爸一直进行药物治疗。

2018年8月之后，路子宽爸爸的病情越来越重，吃药也无法遏制病情，只能靠输血维持。医生说最好的办法就是尽快进行骨髓移植，否则后果很难预料。全家人去医院进行配型检查，只有路子宽和爸爸的骨髓配型成功了。

面对唯一的希望，爸爸坚决拒绝："不行！子宽太小了，他的路刚刚开始，我不能拖累他！"懂事的子宽就跟爸爸说："爸爸，我想让你陪着我长大！"就是这句话才让爸爸答应了。

骨髓移植对供者体重有严格要求。当时的路子宽只有60斤，即使

按照最低标准，他也得增重 30 多斤才行。爸爸的病情越来越严重，路子宽得在三个月内完成增肥计划。路子宽跟医生保证，他一定能胖起来！

每天，路子宽都要吃五六顿饭，每顿饭都吃得咽不下才住嘴。一大盆红烧肉、一大盘炒鸡蛋、一大杯牛奶，这是路子宽一顿饭的量。吃饭的时候，咽不下去时他就站起来走几步再坐下吃。别人吃惊他怎么吃得下去，路子宽说："难受也得吃，我得救我爸爸！"

对一个只有 11 岁的孩子来说，增重的过程是很艰难的。每天早上体重秤显示的体重数值，让路子宽有了坚持下去的勇气和信心。从 6 月份开始增重，到七八月份，路子宽胖到衣服都穿不上了，全都换成了大号。正是大热天，路子宽增胖后的大腿根儿因走路摩擦，皮都磨破了。终于，3 个月后路子宽增重了 36 斤，达到了供者标准。

2019 年 9 月 9 日，是爸爸的生日，也是他移植骨髓的日子。无菌舱里，爸爸拿起手机，含着泪发了这么一条朋友圈："儿子给了我一个珍贵无比的生日礼物……感谢儿子为我付出的一切。"

手术从早上 8 点半开始，直到下午 1 点半才完成。过程很漫长，也很痛苦。路子宽虽然很疼，可他咬牙忍着，尽量不让医生护士为他担心。500 毫升的骨髓采集完成后，路子宽拿着输血袋，坐在轮椅上，眼睛肿胀，脸上却带

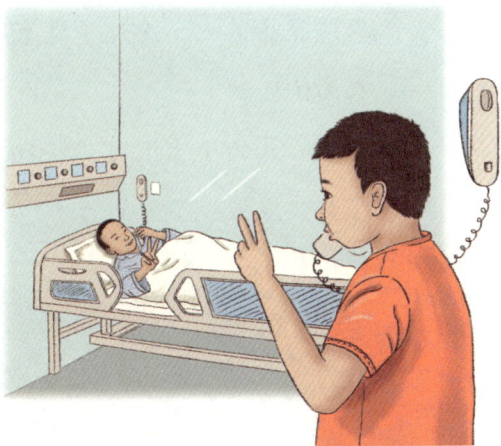

着笑。

路子宽的骨髓，当天就被移植进了爸爸的体内。第二天，他又为爸爸捐献了造血干细胞，成功挽救了爸爸的生命。

路子宽"增肥救父"的事迹被中央电视台、人民网等媒体报道，在社会上引起强烈反响，他也因此获得2019年全国"最美孝心少年"的荣誉称号。

诵读英烈遗作，传承红色基因

陈振先

狱中给母亲与弟妹们的遗书

亲爱的母亲与弟妹们：

我知道你们为了我的缘故洒下了不少辛酸的泪滴了，但这完全是多余，而且是不应该的。"人生自古谁无死，留取丹心照汗青"。我觉得这应当是我们的无上光荣和慰安。目前虽然是黑暗重重，然这正是黎明前的象征，请你们安心地等待着吧，度过了这寒冷的严冬，春天一定就会来到人间了！

心妹的小宝宝可好？我很爱他哩！……那么再见了！我亲热地握紧了你们的手！

细哥于道山路羁押所

党和国家领导人寄语

少年儿童是国家的小主人，长大以后要承担建设祖国的重任。希望你们从小树立远大志向，学好文化知识，培养高尚品德，锻炼强健体魄，在祖国阳光哺育下快乐生活、健康成长。

——胡锦涛

脱贫工作队的"小翻译"——曹汝特

"长大后我要当一名老师，把知识带给乡亲，让我的家乡更美丽！"这是14岁傈僳族女孩曹汝特的心声。在云南省盈江县弄璋镇古里卡村的村民眼里，曹汝特是一个有本领的"小大人"。在脱贫攻坚工作队眼里，曹汝特是一名优秀的"小翻译"。

古里卡村共有169户769人，大部分是"直过区"的景颇族、傈僳族群众，全村共有建档立卡户121户，贫困发生率在70%以上。上级派来脱贫攻坚工作队，立志改变古里卡村的贫困现状。

进村第一天，他们就发现了一个大问题：他们到处找人了解当地情况，可大多数村民们听不懂他们在说什么，想要做什么。语言交流困难，怎么帮乡亲们脱贫致富呢？

曹汝特找到工作队，说她可以做翻译。50多天的暑假，刚刚小学毕业的曹汝特成了古里卡扶贫宣传队伍中最小的"翻译官"。她跟着工作队员走街串户,帮着工作队了解村民的需求,宣传上级的政策,使工作队员与村民的交流通畅了,脱贫政策得到了有效的贯彻落实。

跟工作队走街串户的路上,曹汝特常常听到工作队说"美化环境,清洁乡村"之类的话,她也记到了心里。在曹汝特的带动下,小伙伴们成立了小环卫队,利用空闲时间捡拾垃圾、清除杂草、打扫环境卫生。在小环卫队的努力下,乱扔垃圾的少了,注意环境卫生的多了,村子越来越干净,越来越漂亮。原来说怪话的大人,也改变了自己的看法。

古里卡村地处边防。2018年寒假,曹汝特参加了由部队和女子护边队共同组织的走边关巡边活动。站在边境线上,她听着军人叔叔讲守边故事,和阿姨们高唱国歌,一起细数家乡这几年的变化,深有感触。回到家,她就动员妈妈参加护边队。

一开始,爸爸觉得这工作没工资,又耽误时间。曹汝特说:"爸爸,老师说,国家国家,没有国就没有家。保护边防就是保护我们的家啊!"妈妈觉得曹汝特说得很对,就报名成为护边队的一员。一段时间后,妈妈跟小汝特说:"姑娘,我呀,真高兴当初听了你的话!"

由于家里经济条件差,爸妈又常外出打工,曹汝特从小就跟着爷爷奶

奶生活。这样的生长环境让曹汝特养成了自立自强的个性。从上小学一年级起，她就跟着村里的哥哥姐姐一起步行到两公里外的学校读书，每天往返 4 趟，从没让大人担心过。

小学毕业后，县里的民族中学向成绩优秀的曹汝特抛出了橄榄枝。因为每周都要交一笔生活费，曹汝特体谅家里的难处，就放弃了这个好机会。但是，好强的曹汝特既没有灰心，也没放弃努力，她一直用优异的成绩证明自己。

曹汝特待人真诚，见到别人有难处，只要能帮上忙，她从来不吝惜。同学们闹了矛盾，也喜欢找曹汝特评理。在同学们眼中，她就是最公平公正的"调解员"。在她的影响下，他们班的同学相处得和睦融洽，就像兄弟姐妹一样。

在家乡人的眼中，曹汝特是脱贫攻坚的"小翻译"，是护边爱国的"小卫士"，也是自强自立的"小榜样"。2019 年，曹汝特被评为"新时代云南好少年"；2020 年，又被评为年度"新时代好少年"。

诵读英烈遗作，传承红色基因

宣侠父

题赠张之道

中华民族命何穷，都在铁蹄践踏中。

今日工农齐奋起，国民革命快成功。

国民革命无工农群众参加无成功希望

侠父

党和国家领导人寄语

好好的保育儿童。为教育后代而努力。

——毛泽东

传递正能量的"小小宣讲员"
——朱潇

朱潇是淮北市年龄最小的新时代文明实践宣讲员，已经参加了 50 多场宣讲。

朱潇能成为宣讲员，还得从 2017 年说起。一天，朱潇途经十字路口时，刚走了七八步黄灯就亮了，紧接着红灯亮起。朱潇正要扭身往回走，突然看到 6 路公交车司机从车窗伸出手臂，示意请她先行。她朝左边看去，最前面的一辆车也在等她过马路。

回到家，朱潇兴奋地跟爸爸妈妈讲了这件事。爸爸说："咱们淮北市正在创建全国文明城市，提倡'礼让斑马线'。以后啊，你会经常遇到这种情况！"

在妈妈的帮助下，朱潇根据亲身经历完成了一篇习作——《可爱的斑马线》。她在文中告诉同学们：以前令她害怕的斑马线，如今变成了可爱的斑马线。

淮北市相关单位读到这篇稿子后，非常赞赏，特意安排朱潇到淮北市第一实验小学、淮北市第三实验小学、消防中队、国购广场进行宣讲。她的宣讲绘声绘色，抒发了亲身体验，受到听众的一致好评，也更加鼓舞了淮北市民争创文明城市的信心。

2017年9月，应"淮北交警"公众号邀请，朱潇录制了《礼让斑马线》视频，点击量很高，朱潇一时成为淮北文明宣讲小明星。很快，淮北广电《朗读时间》栏目、"安徽公安交警在线"微博都进行了转发，中国国际广播电台还专题报道朱潇"传播好声音、传递正能量"的光荣事迹。

朱潇的宣讲能力并非天赋，而是源于年复一年的刻苦训练。她5岁时，淮北市举行首届"新华书店杯"少儿讲故事大赛，妈妈给朱潇报了名。等她们到比赛现场一看，才发现大多数参赛选手的年龄都比朱潇大。但是，小朱潇毫不怯场，她镇定地登上舞台，面对几百个观众神色坦然，故事讲得声情并茂。现场的观众听着她的讲述，潸然泪下。朱潇也在这次比赛中获得了一等奖。

频频获得鼓励的朱潇，对讲故事更加着迷，讲得越来越好了。

朱潇生活在一个光荣的党员之家，奶奶、妈妈和姐姐都是优秀的共产党员。放学在家时，朱潇经常听她们谈论国家大事。有一次，朱潇听到奶奶说，党的十九大胜利召开，经过长期努力，中国特色社会主义进入了新时代。虽然对此有些懵懂，但想起自己就是共产党员的孩子，是一名光荣的共产主义接班人，小朱潇十分振奋。她怀着激动的心情，连夜写下了一篇文章——《我家的女党员》。文中，朱潇细致地讲述了家中三位女党员认真工作、爱党爱国的点点滴滴，并且一再表态：自己也要听党话，跟党走！

这篇文章很快引起了相关部门的重视。不久，淮北市委宣传部、团市委、市教育局开始联系朱潇参与宣讲活动。无论是学校、企业，还是社区，朱潇所到之处，听众无不热烈欢迎。三十多场宣讲结束后，朱潇的宣讲技巧更娴熟了。为了不耽误功课，2018年7月1日，朱潇在淮北广播电台的《朗读时间》栏目，录制了《我家的女党员》。这下子，淮北市民都能听到朱潇家的党员故事了。

朱潇不但学习刻苦，而且富有爱心，她常常利用自己的宣讲才能，为同学们带来欢乐。一天下午上课时，同学们昏昏欲睡。老师说："既然这么困，就请故事大王给咱们提提神吧！"朱潇欢快地走上讲台，给大家讲起了故事《黑猫警长不在家》。朱潇一人分饰六个角色，声音、表情、动作各有特点。同学们哈哈大笑，困意全无。

2020年新冠疫情暴发，全国上下众志成城，抗击疫情。看到家人出钱出力，朱潇迫切地希望贡献一份自己的力量。擅长宣讲的她，录制了两段战疫视频——《中国一定赢》《守候春天》，鼓舞同学们同心协力，加入到"抗疫战争"中来。

2020年7月，朱潇被共青团淮北市委推荐为中国少年先锋队第八次全国代表大会队员代表。记者采访她时，朱潇说："时刻听党话，永远跟党走——这是奶奶的心愿，更是我的志向！"

积极传播正能量的朱潇已是淮北市年龄最小的新时代文明实践宣讲员了。除此之外，朱潇连续两年参加淮北市春节联欢晚会的小品演出，用满满正能量传递着"真善美"。

诵读英烈遗作，传承红色基因

陈三元

万望诸同志继续努力，达到吾党圆满目的

——给战友的遗书

列列同志：

余自秉党训以来，深知努力奋斗、牺牲个人的大义。但是事与愿违，今不幸惨遭毒手。死又何恨？此可恨者，未遂初志而已。万望诸同志继续努力，达到吾党圆满目的，以慰我辈死难者幽灵，是为至盼。

此上。

弟　订荪再草

敬启

　　为编好本书，编委会与收入本书原始材料之作者进行了广泛联系，得到各位作者的大力支持。但是，由于个别作者地址不详，虽经多方努力，仍无法取得联系。敬请各位有著作权的原始材料作者尽快与我们联系，以便支付稿酬，以致谢忱。

　　我们还要感谢本书的读者们。希望你们在阅读本书的过程中，能够及时把意见和建议反馈给我们。对此，我们深表谢意，并将给予一定奖励。让我们携起手来，共同完成本书的建设工作。

本书编委会

2021 年 3 月 18 日